우리의 파동이 교차할 때

# 우리의 파동이 교차할 때

방예린 소설집
장편

단비
danbi

# 차례

# 너와 나의 시간

나는 열일곱 살이다. 열일곱 해를 살아오며 몇 번인가 죽을 뻔한 고비를 넘겼고, 많은 아이들의 엄마였으며 이제 곧 숨이 멎을 것이다.

너도 열일곱 살이다. 감기 몸살에 몇 번 걸린 게 네 몸이 겪은 가장 큰 위기였고, 얼마 전 남자친구와 살짝 입술을 맞대며 첫 키스를 했고, 다정한 부모의 그늘 밑에서 아직 세상이 얼마나 위험한 곳인지 실감하지 못하며 삶에서 가장 빛나는 시기에 들어서고 있다.

네가 통통한 손으로 날 쓰다듬는다. 너는 입버릇처럼 살을 빼야겠다고 말하지만 나는 네 살집 있는 몸이 좋다.

네 눈에 고인 눈물이 내 머리로 떨어진다.

너와 나의 삶은 주기가 다른 파동과 같았다. 내 파동의 주기는 짧고, 네 파동의 주기는 길다. 우리의 시간 속에서 너와 나의 파동은 딱 세 번 겹쳤다.

첫 번째는 우리의 시작이다. 물론 당시 우린 그 사실을 알지 못했지만, 나와 너는 같은 날, 같은 시각에 태어났다. 다른 건 장소였다. 너는 숙련된 의사와 간호사들이 정성껏 돌보는 깨끗한 병원에서 세상에 나왔다. 네 아빠 유현은 너와 엄마 태영이 회복실에서 쉬는 모습을 보고 병원을 떠났다. 그날은 일요일이었고, 유현은 다음 날 회사에 가야 했다.

나중에 유현은 한 아이의 아빠가 되며 인생이 완전히 달라진 날, 일상을 유지하기 위해 집으로 돌아가던 골목이 유달리 낯설었다고 말했다. 꿈이라도 꾸듯 몽롱한 발걸음을 옮기던 유현의 귀에 어미 고양이의 울음소리가 들렸다. 평소 같으면 무시하고 지나갔을 텐데 그날은 어쩐지 그렇게 되지 않더라 했다.

유현은 울음소리가 들린 주택가 한쪽으로 들어갔다. 오래된 골목이면 하나쯤 있는 버려진 공간이었다. 유현은 휴대전화 조명을 켰다. 분명 절박한 울음소리를 들었는데 아무것도 보이지 않았다.

유현이 포기하고 돌아서려는 찰나 내가 울었다. 유현은 내 울음소리를 따라 낡은 화분 뒤에 있는 엄마와 나를 찾았다. 유현이 보기에 우리 엄마는 새끼를 낳을 수 있으리라고는 상상도 못할 만큼 작았다.

열흘 뒤 산후 조리원에서 집으로 돌아온 태영에게 유현은 그 순간을 거듭 설명했다. 태영은 내가 집에 있을 줄은 꿈에도 생각하지 못하고 있었다.

유현은 방금 아빠가 되었는데, 아빠란 무엇이고, 어떻게 해야 하는지 전혀 알지 못했다. 가로등 하나 없는 낯선 밤거리를 헤매는 막막한 마음으로 걷는 중에 어디선가 간절한 울음소리가 들려왔다. 그는 홀린 듯이 소리가 나는 곳으로 갔다.

버려진 책장, 의자, 비바람에 망가져 원래 용도를 짐작하기 어려운 쓰레기 더미 속 잡초조차 없는 마른 화분 뒤가 고양이가 안전하다고 느끼며 새끼를 낳을 수 있던 유일한 공간이었다. 유현은 휴대전화 조명으로 우리를 살폈다. 어미 고양이 앞에 있는 핏덩어리가 새끼 고양이라는 것만 짐작할 뿐 몇 마리인지조차 알아볼 수 없었다.

평소 같았다면 못 볼 꼴 봤다고 기겁했을 것이다. 그날은 달랐다. 그날 유현은 태영이 너 하나를 낳으려 무려 다섯 시간 동안 죽을힘을 다해 사투를 벌이는 모습을 보았다. 마침내 네가 태어나서 우렁차게 울었다. 영화나 드라마에서는 거기서 모든 게 끝나고, 아이를 안은 엄마를 환하게 웃는 아빠가 바라보는 장면으로 바로 넘어간다. 영화는 가장 찬란하게 빛나는 장면만 보여주며 그 빛이 만든 그림자는 얼마든지 생략할 수 있으나 현실에서는 뭐든지 생략이란 불가능하다.

의사의 지시에 따라 태영은 너를 낳을 때 못지않은 고생 끝에 태반을 배출했다. 의사는 태반 표면이 매끄러운 걸로 보아 잘 떨어졌으며, 자궁이 수축하며 상처도 작아져 출혈도 잡혔으니 걱정 말라고 했다.

유현에게는 모두 그를 안심시키려는 거짓말로 들렸다. 의사의 장갑과 수술복은 피로 흥건했다. 태영이 누운 침대도 그랬다. 분만실은 말 그대로 피바다였다. 의사의 말은 자동번역기가 괴이쩍게 번역한 문장처럼 유현에게는 무슨 소리인지 해독이 되지 않았다.

태영과 너는 회복실로 옮겨졌다. 깨끗하게 씻은 너와 지친 얼굴로 누운 태영을 보며 유현은 비로소 안도했고 동시에 가슴이 벅차오르며 한 생명의 아버지가 되었다는 실감이 들었다. 유현의 손을 잡은 태영이 내일 출근해야 하니 그만 가라고, 자기는 병원에서 잘 돌봐 줄 거라고 했다. 어느새 시계는 밤 11시를 가리키고 있었다.

너와 태영은 의사에게 맡기면 된다지만 갓 태어난 고양이들과 어미 고양이에 대해서는 어찌할 바를 몰랐던 유현은 그저 멀거니 서 있었다. 어미 고양이가 작게 울었다. 나중에 유현은 그 소리가 내 새끼를 잘 돌봐 달라는 유언처럼 가슴에 와 박혔다고 했다. 어미 고양이의 눈동자에서 초점이 사라졌다. 그제야 유현은 고양이는 눈을 뜬 채 죽는다는 걸 알았다.

유현은 쭈그리고 앉아 조심스레 핏덩어리를 살폈다. 조금 전 엄청난 피를 봐서 그런지 한 주먹거리도 안 될 그 피는 피로 보이지도 않았다. 핏덩어리는 뒤엉킨 새끼 서너 마리였다. 탯줄은 끊겨 있었다. 맑은 하늘에서 갑작스레 쏟아지는 소나기처럼 유현의 눈에서 후두둑 눈물이 쏟아졌다.

바로 두 시간 전 간호사가 유현에게 수술용 가위를 건넸다. 이어 겸자로 네 탯줄을 집으며 자르라고 말했다. 유현은 바들바들 떨리는 손으로 가위를 잡아 눌렀다. 탯줄에는 작은 흠집도 나지 않았다. 10개월 간 네 생명선이었던 탯줄은 건장한 체구의 유현이 말 그대로 젖 먹던 힘까지 다 쥐어짜서야 간신히 자를 만큼 질기고 튼튼했다.

유현은 비쩍 야윈 고양이가 분만을 도와주는 의사도, 겸자로 탯줄을 잡아 주는 간호사도, 옆에 있어 주는 남편도 없이 새끼를 낳고, 혼자 이빨로 그 질긴 탯줄을 자르는 광경을 떠올렸다.

핏덩어리 속에서 유일하게 살아 있던 나를 꺼낸 유현은, 휴대전화로 검색을 해서 24시간 하는 동물 병원을 찾아갔다.

의사는 살리기 힘들 거라고 말했다. 괜히 돈 버리고 마음 다치지 말라는 뜻이 담겨 있었다. 생명이잖아요, 하는 데까진 해봐야죠. 유현이 말했다. 그는 배변 패드에 날 감싼 채 초유와 주사기를 사들고 집에 돌아왔다.

내가 살아난 건 기적에 가깝다. 유현이 출근하고, 산후 조리원에 들러 너와 태영을 만나고 돌아올 때까지 난 아무것도 먹지 못하고 목청껏 울며 그저 기다려야 했다.

유현은 최선을 다했다. 빈 김치통에 따뜻한 물을 담은 보온병을 넣고, 건조해지지 않도록 젖은 물수건을 걸고, 미지근한 물수건으로 날 닦고, 데운 우유를 주사기에 넣어 나를 먹였다. 두 시간에 한 번씩 밥을 달라고 울어 대는 나로 인해 제대로 잠을 자지 못한 건 말할 나위도 없었다.

태영은 집에 와 김치통에 담긴 나를 보았다. 유현은 김치통에 나를 넣었다는 사실에 혼이 날까 뒤늦게 걱정을 했다.

세상에, 너무 작다.

태영이 혼잣말처럼 말했다. 갓 눈을 뜬 나는 유현의 한 손가락 정도밖에 되지 않았다. 태영은 너도 뱃속에서 그만큼 작았을 때가 있었으리라는 데 생각이 미쳤고, 당연한 일처럼 나를 받아들였다.

그때 우리 집은 전쟁터였다. 네가 울면 내가 울었고, 내가 울면 너도 울었다. 우린 둘 다 아기였고, 하루에 열두 번씩 배가 고팠고, 먹은 만큼 싸댔다. 태영은 종종 그 시기를 어떻게 보냈는지 기억이 안 난다고 했고, 유현은 한 주먹도 안 되는 내가 너만큼 큰 소리로 우는 게 가장 큰 충격이었다고 했다.

2개월여가 지난 어느 날 태영이 날 보고 놀란 얼굴로 말했다.

쟤는 벌써 혼자 밥을 먹네?

나는 밥그릇에 밥을 부어 주면 알아서 먹고, 물도 잘 마시고, 엉덩이를 젖은 휴지로 자극하지 않아도 스스로 배변을 할 만큼 어엿한 고양이로 자라 있었다. 너는 여전히 안아 올릴 때면 머리를 안정적으로 받쳐줘야 했고, 먹고 싸고 잠들기까지 모든 걸 태영에 게 의지했다.

3개월이 지나자 나는 책상, 의자, 식탁 위 등 어지간한 곳은 마음대로 활보하고 다녔다. 너는 몸을 뒤집어 보려 이리저리 몸을 비트는 게 다였다.

6개월이 흘렀다. 나는 집에서 가장 높은 책장 위부터 옷장 속까지 집 안 어디든 내가 가고 싶은 곳은 마음대로 갈 수 있었다. 너는 힘겹게 배밀이를 시작했다. 나는 네가 자라서 나와 장난치며 놀 때를 기다렸지만 아무리 기다려도 너는 제자리였다. 무료했던 어느 날 나는 유현과 태영이 널 챙기며 외출 준비를 하느라 정신 없는 틈을 타 열린 문을 통해 밖으로 나갔다.

유현과 태영은 오후에 돌아와서도 내가 집에 없는 줄 몰랐다. 그냥 어디서 자고 있으려니 했다. 나는 밤중에 돌아와 문을 열어 달라고 울었다. 소스라치게 놀란 둘은 스스로를 책망했다. 나는 무슨 일 있었냐는 듯 몸을 핥고 내가 좋아하는 의자에 올라 꼬리를 말고 잤다.

유현과 태영은 날 어떻게 하면 좋을지 한참을 의논했다. 유현은 내 엄마 모습이 떠올라 내가 외출하지 않기를 바랐다. 태영은 내가 아직 야생성이 남아 있을 때 선택할 기회를 줘야 한다고 했다.

아현이라고 생각해 봐. 태영이 말했다.

교통사고율이 높다고 아이가 차를 타지 못하게 할 수는 없다. 세상이 험하다고 집 안에 가두어 키울 수 없다. 둘은 긴 시간 상의한 끝에 창문 한쪽을 열어 내가 드나들 수 있도록 해주었다. 나는 내키는 대로 바깥과 집안을 오갔다. 네가 자라기만 기다리기에는 내 파동의 주기는 짧았고, 마주하며 겪을 삶이 존재했다.

봄볕이 따갑게 내리쬐던 날, 나는 제법 그럴싸한 놈을 만나 처음으로 새끼를 낳았다. 바깥에서 새끼들을 키우기 녹록치 않아 집에 데려가고 싶었지만, 새로 골목을 차지한 놈이 흉흉한 기세로 길목을 지켰다. 아직 어린 새끼들까지 데리고 지나가기엔 무리였다. 다섯 중 둘은 결국 죽고 말았다. 그래도 셋은 튼튼하게 자랐다. 나는 그간 힘겹게 유지한 영역을 아이들에게 물려주고 집으로 돌아왔다.

유현과 태영이 땅을 구르듯 달려와 날 끌어안았다. 내 밥그릇과 물그릇, 화장실은 제자리에 있었고, 너는 걸음마를 뗀 온 집 안을 헤집으며 돌아다니는 참이었다.

나를 보고 신난 네가 다가왔다. 너는 나보다 훨씬 컸지만 여전히 아기였다. 나는 너를 핥아 주었다. 너는 까르르 웃으며 내 꼬리를 잡았다. 나는 놀라 비명을 지르며 널 할퀴었다. 너는 자지러지게 울음을 터뜨렸다. 나는 책장 위로 도망가 아픈 꼬리를 핥았다.

태영은 바로 상황을 파악했다. 너에게 약을 발라 주며 날 아프게 잡지 말라 했고, 나에게도 조심하라 당부했다.

나는 그 뒤 멀찍이서 네가 자라길 기다렸다. 내가 이따금 나가 사랑을 나누고 아기를 키우는 동안 너는 말문이 트였고 좋아하는 색깔이 생겼으며 유치원에 들어갔다.

그만큼이나 자라서도 너는 여전히 나를 쓰다듬는 힘을 조절하지 못해서 나는 널 더 기다려야 했다. 너는 유현과 태영의 품에는 안기면서도 자기는 털끝 하나 건드리지도 못하게 하는 나에게 마음 상했다.

나를 살린 건 유현이었고, 나를 보살핀 건 태영이었으나 내가 매번 집으로 이 집으로 돌아오는 가장 큰 이유는 언제나 너였다. 네가 알지 못한다는 걸 알면서도 나는 설명할 필요를 느끼지 못했다.

네가 일곱 살이 되던 해에 나는 차 밑에서 자다가 차가 출발하는 바람에 다쳤다. 나는 가까스로 몸을 끌고 집 앞에 있는 화단으로 가서 숨었다.

몇 시간 뒤 태영이 퇴근하며 너를 데리고 오는 소리가 들렸다. 나는 공포와 공황에서 여직 헤어 나오지 못하고 있던 데다 주위에 낯선 사람들도 많아 태영을 부를 용기가 나지 않았다. 그때 막 집으로 들어가려던 네가 내 쪽으로 고개를 돌렸다.

너는 어려서 집에서 기다릴 뿐 달리 할 수 있는 일이 없었다. 나는 한밤중에 붕대에 칭칭 감기고, 목에 고깔을 쓴 채 침울하게 집으로 돌아왔다.

그날 밤 태영과 유현은 너에게 영어 공부를 언제부터 시킬지, 어느 유치원이 좋을지 상의할 때보다 무겁게 날 어떻게 하면 좋을지 논의했다. 결국 둘은 내가 완전히 회복되자 중성화를 시키고 창문을 닫기로 했다.

어느 날인가 네가 실수로 창문을 열어 두었다. 나는 이때다 싶어 창틀에 올랐다. 그때 네가 날 보았다.

나가려는 거야?

다시 안 오면 어떡하지?

밖에서 또 다칠지도 모르는데…….

엄마가 살살 쓰다듬으랬는데 내가 너무 아프게 했나 봐.

다 나 때문이야.

너는 네가 창문을 연 바람에 내가 나가 버리면 야단맞을지도 모른다는 생각은 없이, 다만 나를 걱정했다. 나는 창틀에서 내려와 금방이라도 울음을 터뜨릴 듯한 네게 다가가 네 종아리에 몸을 스치며, 늘 꽉꽉 차 있는 밥그릇과 깨끗한 물과 안전한 화장실에 안주하는 게 아니라, 내 남은 시간을 오직 너에게만 쏟기로 마음을 굳혔다.

영문 모르는 너는 내가 창틀에서 내려온 게 신나서 내 목덜미를 쓰다듬었다. 여전히 서툴렀지만 참을 만했다.


교복을 입은 네가 거울 앞에 서서 몸을 이리저리 돌리며 맵시를 확인했다. 나는 전에는 단숨에 올라가던 책상을 이제는 의자를 디뎌서야 올라갈 수 있고 달리기는 힘들어졌는데, 너는 젖살이 빠지더니 한 달에 한 번 배앓이를 하고 가슴이 봉긋해졌다.

나는 그제야 너와 내가 같은 날 태어나 같은 공간을 영유하지만 같은 시간을 살 수는 없음을 받아들였다.

어느 날 너는 학원을 빠지고 집에 돌아왔다. 태영이 무슨 일인지 물어도 대답하지 않고 방에 들어와 소리 나게 문을 닫았다. 나는 네 침대에서 자고 있었다. 너는 내가 네 침대에서 자는 걸 싫어했다. 그래서 네가 없는 틈을 타 자는데 그날은 네가 예고도 없이 일찍 왔다. 시큰거리는 무릎으로 푹신한 침대에서 내려가자니 성가셔서 '어쩔 건데?' 하는 마땅찮은 눈빛으로 너를 쏘아 보았다.

잠시 후 태영이 들어와 조심스레 무슨 일이 있는지 물었다.

쟤는 놔두잖아! 혼자 있을 시간과 자기만의 공간이 필요하니 놔둬야 한다며! 나도 그렇게 좀 놔두면 안 돼?

네가 날 가리키며 빽 소리를 질렀다. 태영은 잠시 널 보다가 알겠다고 말하고 나갔다. 너는 책상에 엎드려 울었다.

울음이 그치고 마음도 가라앉자 너는 이제 하소연도 하고 싶고 위로도 받고 싶어졌는데 태영에게는 이미 내버려 두라고 성질을 낸 터라 요구하기 무안했다. 문득 고개를 돌린 너와 내 눈이 일직선으로 마주쳤다.

그 순간 너와 나의 파동이 두 번째로 만났다. 한 점에 불과한 찰나였으나 우리에게는 그것으로 충분했다.

네가 아기였을 때는 내가 돌보기에 너무 컸다. 너는 혼자 뛸 만큼 큰 다음에도 섬세한 몸짓 언어를 이해하기에는 여전히 어렸다. 다 자란 뒤에는 한 번도 가까운 존재로 느낀 바 없는 내게 흥미를 잃었다.

너는 오늘에서야 내가 그동안 내내 너를 지켜봐 왔으며 그래서 지금 이 순간만이 아니라 언제나 네 마음을 알고 있었음을, 네게 닿을 날을 기다리고 있었음을 깨달았다.

나는 침대에서 내려와 네 다리에 머리를 부비고 너에게 안아 달라 했다. 내 말을 이해한 너는 조심스레 나를 들어 무릎에 앉혔다. 나는 귀 뒤를 내밀었다. 너는 귀 뒤를 손가락으로 긁었다. 나는 엉덩이를 들썩였다. 너는 언어 체계가 완전히 다른 두 종의 마음이 통할 수 있다는 걸 인지한 경이로움 속에서 내 엉덩이를 쓰다듬었다. 내가 목을 울리자 네가 웃었다.

너와 나는 단짝이 되었다. 너는 내 밥그릇에 밥을 채웠고, 물그릇을 씻었고, 무독성 모래를 찾아 인터넷을 검색했고, 나는 온종일 네 침대에서 널 기다리다 밤이면 함께 잠들었다.

행복에 취한 너는 우리가 함께할 시간이 얼마 남지 않았다는 사실을 알지 못했다. 너는 봄이었고 나는 겨울이었다. 겨울을 상상하기에 봄은 너무 싱그러웠다.

나는 열일곱 살이 되었다. 너는 나를 데리고 병원에 다녔고, 싫다는 나를 달래 약을 먹이고, 채소와 고기를 다지고 삶아 이빨이 약해진 내가 먹기 편한 음식을 만들 만큼 의젓해졌다. 내가 네 침대에 편안하게 오르내리도록 푹신한 계단도 놨다.

그리고 지금 떠날 나를 배웅하며 내 손을 잡고 울고 있다.

태영과 유현은 아직 집에 돌아오지 않았다. 나는 아침에 둘이 나갈 때 작별 인사를 했다. 둘은 아직 내가 작별 인사를 했음을 모른다. 몇 시간 뒤면 알게 될 것이다. 같은 시간에 있는 건 본디 쉬운 일이 아니다.

내 열일곱은 떠날 시간이나 네 열일곱은 마음껏 뻗어나갈 시간이다.

나는 내가 낳은 아이들, 함께 아이를 만든 짝을 작별 인사를 할 새도 없이 보내봤지만, 너는 이제 겨우 첫사랑을 시작하고 있다.

우리의 시작은 탄생이었고, 두 번째는 만남이었으며, 마지막은 작별이다. 우리의 파동이 세 번째이자 마지막으로 겹친 오늘, 우리는 각기 삶의 첫 번째 경험을 한다. 나는 처음으로 죽음을 맞이하고, 너는 처음으로 영원한 이별을 겪는다. 시작점은 같았으되 끝점은 네 파동의 한 점인 게 나도 아쉽다.

별 수 없이 너와 거리를 두고 나로서는 한눈에 보기 불가해하게 긴 네 파동을 지켜볼 때에도, 네가 마침내 날 인지하며 더불어 시간을 보낼 때처럼 나는 너로 인해 행복했다. 그러니 나는 네가 울지 않기를, 이후 이어질 네 시간을 만끽하기를 바란다.

나는 네 손등과 그 위에 떨어진 눈물을 핥는다. 너는 우리의 마지막 시간 속에서 내 마음을 읽고 내게 웃어 준다.

# 이상한 차원의 안리수

리수는 5시 반에 학원을 나왔다. 30분 동안 저녁을 먹고 돌아가 6시에 시작하는 문법 수업을 들어야 했다. 학원 옆 편의점은 벌써 다른 애들이 차지하고 있었다. 리수는 김밥천국에 가기로 했다. 학원에서 멀어지지만 야채김밥은 보통 미리 말아 놓으니 시간 안에 먹고 돌아갈 수 있었다. 문득 편의점 삼각김밥은 1,000원인데 김밥천국 김밥은 2,500원이라는 데 생각이 미쳤다. 갑자기 1,500원이 아깝게 느껴졌다. 김밥천국에서 15미터 정도만 더 가면 만두가게가 나왔다. 왕만두 하나에 1,000원이다. 리수는 만두가게까지 걸었다. 찜통에서 김이 모락모락 나왔다. 수중에는 3,400원이 있었다. 만두를 하나 먹으면 2,400원이 남는다. 2,400원은 애매한 돈이었다. 100원만 더 있었으면 좋았을 텐데…….

　어차피 만두는 뜨거워 빨리 먹기 힘들 것이다. 안 그래도 두툼

한 목도리 때문에 덥고 답답했다. 시계를 보니 어느새 5시 47분이었다. 지금 돌아가야 여유 있게 교실에 앉을 수 있었다. 가는 길에 삼각김밥을 사서 선생님이 오기 전에 빨리 먹으면 어떨까? 앞에 큰 편의점이 하나 보였다. 저기는 더 다양한 메뉴가 있을지도 몰랐다. 리수는 편의점 앞에 섰다. 컵라면, 과자, 맥주 따위를 묶음으로 사면 할인해 준다는 광고가 붙어 있었다.

어차피 편의점 음식, 거기서 거기 아닐까.

리수는 선뜻 들어가지 않고 망설였다. 그동안 1분이 더 흘렀다. 빨리 결정해야 했다. 리수는 편의점 문을 밀었다. 샌드위치, 햄버거, 삼각김밥, 김밥, 각종 도시락이 진열대에 놓여 있었다. 도시락은 잠깐 보다 말았다. 싸도 2,000원이 넘었고 도시락을 데워 먹을 시간도 없었다. 그냥 커피우유와 빵을 하나 살까? 빵은 걸어가면서 먹을 수 있다. 리수는 크림빵, 단팥빵, 소보로빵, 롤케이크 따위가 놓인 진열대 앞을 서성였다. 빵은 대부분 1,000원이고 커피우유는 850원이었다. 빵만 사고, 학원 정수기에서 물을 마실까? 편의점 안은 따뜻하다 못해 더웠다. 갑자기 아이스크림이 먹고 싶어졌다. 아이스크림 냉장고는 밖에 있었다. 리수는 편의점을 나왔다. 하드, 콘, 통 아이스크림 따위가 차곡차곡 쌓여 있었다. 편의점 아이스크림은 보통 마트보다 비쌌다. 가까이에 마트가 있던가?

53분이었다. 늦지 않으려면 뛰어야 했다. 리수는 편의점에 다시 들어갈지 말지 고민했다. 아무것도 안 사고 나온지라 다시 들어가기가 뭣했다. 이번에 들어가면 뭐든 사야 했다. 그런데 뭘 사지? 다이어트도 할 겸 저녁은 굶을까? 900원으로 살 수 있는 게 있으려나?

"어?"

리수는 진열대에 비친 희고 푸른 그림자를 보고 눈을 깜빡였다. 설마 하고 돌아보니 진짜 파란 조끼를 입은 하얀 토끼 한 마리가 횡단보도 앞에 서 있었다.

"웬 토끼?"

리수는 사방을 둘러보았다. 거리에는 자기뿐이었고 한적한 도로에는 차 한 대 지나가지 않았다. 리수는 안경을 벗고 눈을 비볐다. 코받침판이 덜렁거려 다시 쓸 때 잘 놓아야 했다.

"시간이 없어. 늦었다고."

토끼가 영화에서나 본 회중 시계와 빨간 신호등을 번갈아 보며 발을 굴렀다.

"지금 토끼가 말한 거야? 로봇인가?"

리수는 살금살금 토끼에게 다가갔다. 토끼가 회중시계를 보며 외쳤다.

"이제 겨우 979일밖에 안 남았어!"

시계에는 시간이 아니라 한참 먼 늦가을 날짜와 그 날짜까지 남은 날이 표시돼 있었다.

"날짜가 나오면 시계가 아니라 달력 아니야?"

리수가 중얼거렸다.

신호등이 파란 불로 바뀌었다. 토끼는 두 발로 경중경중 뛰어 횡단보도를 건넜다. 뛸 때마다 토실토실한 엉덩이에 달린 꼬리가 좌우로 흔들렸다. 리수는 신기한 마음에 토끼를 쫓아갔다. 토끼는 리수가 쫓아오는 줄 아는지 모르는지 뛰기 바빴다.

야트막한 오르막길이 나타났다. 토끼는 오르막길에 들어서자 갑자기 속도가 붙었다. 리수는 어디선가 토끼는 앞발이 짧고 뒷발이 길어 오르막길을 잘 뛰고 내리막길을 잘 못 �뛴다는 말을 들은 기억이 났다.

토끼를 놓쳤지만 리수는 걱정하지 않았다. 3년간 아침저녁으로 다녀 익숙한 길이었다. 리수는 잠시 멈춰 숨을 고르고 다시 달렸다. 리수가 다니던 중학교 정문이 나타났다. 오른쪽 담벼락에서 토끼 꼬리가 슥 사라졌다. 울타리에 있는 개구멍으로 학교에 들어간 게 틀림없었다. 리수도 기어서 개구멍을 지났다.

"어디까지 가는 거지?"

리수는 자기가 왜 토끼를 쫓아가는지도 모르는 채 달렸다. 토끼는 교무실과 교실이 있는 본관으로 들어갔다.

"다시는 올 일 없을 줄 알았는데……."

리수도 따라 들어가며 중얼거렸다. 토끼는 옥상으로 가는 계단을 올랐다. 리수도 놓칠세라 발을 놀렸다. 다리가 떨리고 입에서 단내가 났다.

리수가 1학년 때는 옥상에 매점이 있었다. 여름방학에 사고가 난 뒤 옥상이 폐쇄되고 매점은 체육관 건물에 새로 생겼다. 리수는 토끼가 문을 따느라 끙끙대는 동안 따라잡았다.

"서둘러야 해! 979일이야!"

토끼는 옥상으로 사라졌다. 리수도 들어가 허리를 굽히고 숨을 몰아쉬었다. 매운바람이 몰아쳤다. 두꺼운 자물쇠로 문을 걸어 잠근 것이 무색하게 곳곳에 피운 지 얼마 되지 않은 담배꽁초가 떨어져 있었다.

어느덧 해가 져서 사방이 캄캄했다. 리수는 토끼를 찾았다. 토끼는 난간에 올라서 있었다.

"위험해!"

리수는 토끼에게 다가갔다.

"이리 와."

리수가 토끼를 달랬다. 토끼는 마지막처럼 회중시계를 보았다.

"이러다 진짜 늦을 거야."

토끼가 뛰어내렸다. 리수는 토끼를 잡으려고 허리를 굽혔다. 주머니에 있던 휴대전화가 빠져나오더니 리수도 그만 아래로 떨어졌다.

베이지색 벽, 적갈색 벽돌, 검은 유리창틀, 하늘색 창문, 다시 베이지색 벽, 검은 창틀에 끼인 하늘색 창문이 반복되었다. 리수는 눈을 질끈 감았다.

한참 지난 것 같은데 바닥에 닿지 않았다. 리수는 눈을 떴다. 검은 하수구가 코앞에 나타났다. 지름은 두 뼘 정도였고, 뚜껑에는 송충이가 새겨져 있었다. 리수는 뚜껑에 머리를 부딪치는 상상을 했다. 끔찍했다.

"안돼!"

머리가 닿는 순간 뚜껑이 자동문처럼 돌아갔다. 리수는 삽시간에 구멍을 통과했다. 그러고도 계속 떨어졌다. 구멍은 리수가 양팔을 벌려도 닿지 않을 만큼 넓고 끝도 없이 깊었다.

"바깥보다 안이 크잖아!"

리수가 외쳤다.

"내 휴대폰!"

리수는 아까 휴대전화가 떨어지던 걸 기억해 냈다. 액정에 금이 가긴 했어도 아직 쓸 만했다. 휴대전화는 조금 아래에서 떨어지고 있었다. 리수는 손을 뻗었지만 아무리 해도 잡히지 않았다.

"큰일 났네, 어떡하지?"

리수는 뭔가 붙잡을 게 없는지 사방을 살폈다. 아이들의 웃음소리가 들렸다. 리수는 끝없이 이어지는 구멍을 둘러보았다. 온 사방에서 낯설면서 낯익은 아이들이 의자에 앉아 책장을 넘기고, 뛰어다니고, 체육복으로 갈아입고, 매점에서 과자 따위를 사 먹는 모습이 텔레비전 진열장에서 각기 다른 채널을 틀어 놓은 것처럼 나타났다. 그중 리수가 끝 모를 바닥으로 떨어지고 있음을 아는 아이는 아무도 없었다. 모두 교실에서, 음악실에서, 강당에서, 체육관에서 공부하고, 리코더를 불고, 공을 던지느라 바빴다. 리수는 몸을 웅크렸다.

"예전 같으면 울었을지도 몰라."

리수는 울지 않는 자기 자신이 뿌듯했다. 벽에 나타났다 사라지는 아이들의 모습, 풍경들도 남 일처럼 볼 수 있었다. 이따금 자기 모습도 나타났다. 주말에 부모님, 언니와 스파게티를 먹었다. 텔레비전을 봤다. 사이사이 웬 여자가 나타났다. 대학생 정도로 보이기도 했고, 중년이거나 할머니이기도 했다.

"내가 아는 사람인가?"

리수는 그만 지쳐 꾸벅꾸벅 졸다가 친구들과 피자를 먹으러 가는 꿈을 꿨다. 접시를 들고 샐러드 바에 가서 친구들이 좋아하는 걸로 골라 담아 왔다. 샐러드 접시를 식탁 위에 올려놓고 자리에 앉는 순간 의자 다리가 부러졌다. 리수는 아래로 떨어졌다. 놀랐던 것도 잠시, 아무리 떨어져도 바닥이 나오지 않아 지루해져 잠이 들었다. 꿈에서 각양각색의 초콜릿을 파는 가게에 갔다. 주인은 리수에게 마음껏 초콜릿을 고르라고 말했다. 리수는 기쁘게 초콜릿을 골라 껍질을 깠다. 씹다 뱉은 껌이 들어 있었다. 내던지고 도망쳤다. 초콜릿이 쌓인 선반은 끝이 없었다. 리수는 선반들 사이에서 길을 잃었다. 비상구가 보였다. 문을 열고 뛰쳐나갔다. 허공이었다. 리수는 다시 아래로 떨어지다 바닥에 도착했다. 온통 낙엽이 쌓여 푹신푹신한 곳이라 팔꿈치가 긁히고 무릎이 까졌을 뿐 멀쩡했다.

"꿈을 도대체 몇 개나 꾼 거지?"

리수는 습관처럼 주머니를 뒤지다 휴대전화가 자기와 같이 떨어졌음을 기억해 냈다. 리수는 낙엽들을 헤집었다. 휴대전화는 산산이 박살 나 있었다.

"학원에서 엄마한테 전화했을 텐데⋯⋯. 엄마는 나한테 전화할 거고. 그런데 전화를 받을 수가 없네. 애들 카톡 확인도 못하잖아."

리수는 차라리 잘되었다고 생각했다.

"여기는 어디지?"

리수는 주위를 둘러보았다. 사방이 막혀 있었다. 심지어 떨어진 구멍조차 보이지 않았다. 리수는 초조하게 벽을 두드리고 소리쳐 사람을 불렀지만 벽은 벽일 뿐이었고, 아무도 대답하지 않았다. 조금 전까지만 해도 울지 않는 스스로가 뿌듯했는데, 이제 거짓말처럼 눈물이 터졌다. 리수는 울면서 다시 한 번 사방을 꼼꼼히 살폈다. 어딘가 나갈 곳이 있으리라. 있어야 했다.

어두운 구석에 무릎 높이의 문이 하나 보였다. 어린아이도 못나갈 크기였다.

"아주아주 작아지면 좋겠어."

리수는 문을 어루만졌다. 그나마 잠겨 있었다. 전자자물쇠도 아닌 열쇠로 열어야 하는 문이었다. 전자자물쇠라면 숫자를 찍어 보기라도 하련만……

리수는 다른 구석에서 유리 탁자를 발견했다.

"아까도 저런 게 있었나?"

리수는 갑자기 나타난 탁자로 다가갔다. 탁자 위에는 자그마한 열쇠와 생수병이 놓여 있었다. 리수는 열쇠를 문에 대고 돌렸다. 문이 열렸다. 리수는 엎드려 문에 얼굴을 가져다 대었다. 음침하고 축축한 안과 달리 바깥은 화사한 봄이었다. 색색의 꽃들이 피었으며 나비가 날아다녔다. 사실 비바람이 몰아치는 곳이라도 상관없었다. 여기만 아니면 어디든 좋았다. 그런데 어떻게 나간다?

리수는 생수병을 살폈다. 생수병에는 '나를 마셔요'라고 적혀 있었다.

"독약일지도 몰라."

리수는 망설이지 않고 뚜껑을 돌려 물을 마셨다. 독약은 아니었다. 아쉬워할 새도 없이 몸이 급속도로 작아지기 시작했다. 이제 문을 통해 밖으로 나갈 수 있었다. 리수는 문으로 달려갔다. 문은 도로 잠겨 있었고 열쇠는 탁자 위에 있었다. 작아진 리수는 아무리 뛰어도 열쇠에 닿을 수 없었다. 리수는 투명한 유리 아래에서 원망스레 열쇠를 올려다보았다.

"보이지 않았다면 희망도 갖지 않았을 텐데……"

리수는 나직하게 한숨을 쉬었다. 다행히 눈물은 나오지 않았다.

"새치기하지 마!"

"왜 자꾸 밀어?"

"난 며칠째 줄을 서는 중이야."

"고작 며칠? 난 몇 달이거든?"

"어디서 주름을 잡아? 난 벌써 3년째야."

"다들 웃기고 있군. 이 몸은 17대째란다."

리수는 소리가 나는 곳으로 시선을 돌렸다. 작아진 리수의 손톱만 한 문이 있었고, 그 앞에 개미, 불개미, 지렁이, 공벌레, 초파리, 쥐며느리 수백 아니 수천 마리가 새까맣게 줄을 지어 있었다. 한 번에 한 마리씩만 통과할 수 있는 작은 문에 벌레 수천 마리가 모이자 병목 현상이 일어났다. 질서 있게 발맞추어 들어가도 뒤에 있는 벌레는 수명이 다할 때까지 들어갈 수 있을 것 같지 않았다. 벌레들은 초조해져 앞에 선 벌레를 잡고, 밀치고, 먼저 들어가려 아우성을 쳤다. 그때 벼룩 한 마리가 나타났다. 벼룩은 폴짝폴짝 뛰어 삽시간에 문 앞에 도착해 안으로 쑥 들어갔다.

"너무해!"

17대째 문 안으로 들어가려 줄을 서고 있던 초파리가 항의했다.

"너도 벼룩으로 태어나지 그랬어?"

다른 벼룩이 역시 벌레들을 뛰어넘어 안으로 들어가며 비웃었다. 초파리가 날아오르자 벌레들이 반칙을 한다며 달려들어 날개를 뜯었다.

"좋은 생각이 났어!"

리수가 외쳤다.

"저 탁자 위에 열쇠가 있어. 너희는 탁자를 기어오를 수 있잖아? 열쇠를 가져와. 그럼 내가 문을 열어 줄게. 저 문은 너희가 한꺼번에 다 나갈 만큼 넓어!"

리수는 잠긴 문을 가리켰다.

"거긴 잠겼어."

"그쪽에는 아무것도 없어."

"한 번도 그 문으로 들어가는 벌레는 본 적이 없는 걸."

벌레들은 리수의 말을 들은 척도 하지 않았다. 리수는 누구든 설득해 보려고 뒷줄로 갔지만 마찬가지였다. 걷다 보니 강이 나왔다. 리수는 손가락으로 찍어 강물을 맛봤다. 짰다. 강이 아니라 바다인 모양이었다. 바다 위에는 부표 같은 게 떠 있었다. 자세히 보니 크림빵이었다.

"배고파. 근데 저걸 먹으러 가다가 죽을지도 몰라. 바다에서는 튜브 없이 헤엄쳐 본 적이 없으니까."

리수는 바다로 들어갔다. 바다치고는 파도가 없었다.

"이건 내가 아까 흘린 눈물이야! 자기 눈물에 빠져 죽는다면 해외 토픽에 실릴 거야."

리수는 무사히 빵 앞에 도착해 한 입 베어 먹었다. 그러자 몸이 다시 자라기 시작했다. 리수는 빵을 주머니에 챙기며 스스로가 제법 똑똑하다고 생각했다. 안심할 새도 없이 이번에는 천장에 닿을 정도로 커졌다.

"왜 이렇게 커지지? 이러면 너무 눈에 띄잖아!"

리수는 탁자가 너무 멀어지기 전에 서둘러 열쇠와 물병을 집어 물을 마셨다. 아까처럼 몸이 작아지기 시작했다. 리수는 물병 뚜껑을 열고 바닥에 놓았다. 다시 작아진 리수는 빵은 휴지로 싸고, 자동차처럼 커진 물병에서 흐르는 물을 빵 봉지에 담아 단단히 묶었다. 문을 나서며 벌레들이 언제든 들어올 수 있도록 문틈에 돌을 괴었다.

리수는 기쁜 마음으로 정원에 들어갔다. 색색의 튤립들이 피어 있었다.

"우리 중학교 운동장에도 튤립이 참 많았는데……"

"튤립을 좋아해?"

"깜짝이야."

리수는 누가 자기에게 말을 걸었나 해서 사방을 살폈다. 나무처럼 크고 둥근 갈색 버섯 위에 노란색 송충이가 하얀 폭죽을 쥐고 앉아 있었다.

"난 그냥 질문을 했을 뿐이야. 그렇게 놀랄 일은 아니잖아?"

송충이가 말했다.

"응, 네 말이 맞아."

리수는 순순히 인정했다.

"놀랐다고 했잖아."

"아주 조금 놀랐을 뿐이야."

"왜 놀랐는데? 난 가만히 앉아 있었잖아. 누가 보면 내가 널 어쩐 줄 알겠어."

"어…… 네가 갑자기 앞에 나타나서……."

"내 앞에 네가 나타났겠지."

"응, 네 말이 맞아. 미안해."

송충이는 더 이상 대꾸할 가치가 없다는 듯 새 폭죽에 불을 붙였다. 리수가 그만 가려는데 송충이가 다시 말을 걸었다.

"넌 누구니?"

"난 안리수야."

"안리수는 누구야?"

"나, 내가 안리수야. 나는 중학생이었어. 지금은 아니고, 졸업했거든. 내일이면 고등학생이 될 거야. 하지만 아직 고등학생은 아니야."

리수는 숨이 턱하고 막히는 기분이 들었다. 이제 하루 남았다.

"과거에는 중학생이었고, 미래에는 고등학생이고, 현재의 너는 뭐야?"

"나는…… 그러니까……."

"이리 와 내 옆에 앉아."

"왜?"

"나랑 친구하기 싫어?"

"그건 아닌데……."

"그럼 올라와."

리수는 낑낑거리며 버섯 위에 올랐다. 송충이는 리수를 도와주지 않았다.

"자."

송충이가 폭죽을 내밀었다. 리수는 고개를 저었다.

"미안. 난 폭죽이 무서워."

"폭죽이 왜? 폭죽은 널 해치지 않아."

"폭죽은 환경오염을 일으킨대."

리수가 허둥지둥 대답했다. 송충이가 킬킬 웃으며 리수 손에 억지로 폭죽을 쥐여 주고 불을 붙였다. 그러더니 다른 손으로 휴대전화를 꺼냈다.

"친구가 된 기념으로 사진 찍자."

"아니, 나는 괜찮아."

리수는 폭죽을 내려놓으려 했다. 송충이는 손이 많았다. 한 손으로는 폭죽을 쥔 리수 손을 잡고, 다른 손에는 자기 폭죽을 쥐고도 수십 개의 손이 더 있었다. 수많은 손이 각각 휴대전화를 들고 리수의 모습을 다각도에서 찍기 시작했다.

"친구는 같이 사진을 찍는 거야."

"나는 싫어!"

리수는 일어나 도망치려 했지만 버섯은 둥글었기 때문에 아무리 뛰어도 같은 자리를 맴돌 수밖에 없었다. 리수는 도리 없이 버섯에서 뛰어내렸다. 바닥은 부드러운 흙이었다. 리수는 손바닥을 긁히고 발목을 삐었을 뿐 크게 다치지 않았다.

"안전한 곳이 있으면 좋겠어."

리수는 절룩이며 걸었다. 갑자기 노랗고 미끄러운 바닥이 나타났다. 바닥에는 흰 줄들이 수많은 방향으로 뻗어 있었다. 리수는 줄을 살폈다. 평범한 줄이 아니었다. 작아지면 더 자세히 보일지도 몰랐다. 리수는 물을 마셨다. 조금만 마셨는데도 몸이 순식간에 작아졌다. 리수는 더 작아지기 전에 빵과 물을 꺼내고 가장 가까이에 있는 줄을 잡았다. 그러자 리수의 몸이 그대로 줄에 끌려 들어갔다.

"빨리 움직여!"

리수의 왼쪽에 있는 생쥐가 말했다.

"어느 쪽으로?"

리수가 물었다.

"어디긴? 앞이지!"

리수는 어디가 앞인지 알 수 없었지만, 생쥐가 자기보고 빨리 가라는 걸 보면 반대쪽이 앞인가 싶어 앞으로 갔다.

"어디로 가는 거야?"

리수가 물었다.

"당연히 앞으로 가야지!"

생쥐가 다그쳤다. 리수는 자기 뒤에 생쥐가 있고, 자기 앞에 새끼 노루가 있다는 것 외에는 아무것도 알 수 없었다. 모두 한 줄로 서 있기 때문이었다. 생쥐가 앞이라고 주장하는 방향이 정말 앞이라면 말이다.

"네 뒤에는 누가 있니?"

리수가 생쥐에게 물었다.

"참새. 내 앞에는 노루가 있었는데 네가 새치기를 했어!"

"난 새치기하지 않았어!"

"했어!"

리수는 억울했지만 자기가 노루와 생쥐 사이에 낀 건 사실이었다.

"왜 앞으로 가는 거야?"

"노루를 추월해야 하니까. 원래는 노루만 추월하면 됐는데 네가 와서 이젠 너도 추월해야 해."

"일렬로 갈 수밖에 없는데 어떻게 추월해?"

"빨리 가서 따라잡아 추월해야 해. 그래야 선두에 설 수 있어. 빨리, 더 빨리 가란 말이야!"

리수는 최선을 다했지만 노루 옆에도 틈이 전혀 없어 앞서갈 방법이 없었다. 갑자기 이게 다 우스꽝스럽게 느껴졌다.

"내가 비켜 줄게."

"비켜 준다는 게 뭐야?"

한 줄로만 다니는 생쥐는 비켜 준다는 말이 무슨 뜻인지 이해하지 못했다. 리수도 이 상황에서는 비켜 주는 게 불가능하다는 걸 깨닫고 질문을 바꿨다.

"선두가 되고 싶어?"

"당연하지! 모두 선두가 되기 위해 달리는 거야."

"그럼 내가 널 선두로 만들어 줄게."

"어떻게?"

리수는 자기 뒤를 끊었다. 이제 생쥐가 선두였지만 선이 떨어졌기 때문에 생쥐가 선두가 되어 행복한지는 알 수 없었다.

"내 뒤에는 생쥐가 있었어."

노루가 말했다.

"이젠 내가 있어. 생쥐는 없어."

리수가 말했다.

"내 뒤에 너만 있다고?"

노루가 공포에 질려 외쳤다.

"응."

"넌 절대 날 앞질러서는 안 돼."

"앞지르는 건 불가능해."

"절대 앞지르지 마! 네가 없으면 내가 꼴찌가 되잖아!"

"내가 널 선두로 만들어 줄게."

"네가 어떻게?"

"뒤를 돌아서 내 쪽으로 와."

"거긴 꼴찌 자리야."

"아니야, 네가 뒤만 돌면 여기가 선두야."

"거짓말을 해서 날 추월하려는 거지?"

리수는 자기 앞을 잘랐다. 그리고 선에서 빠져나왔다. 이제 노루와도 떨어져서 노루가 몸을 돌려 스스로 선두가 되었는지는 알 도리가 없었다. 리수는 바닥에 납작하게 붙어 어떻게 해야 빵을 먹을 수 있을지 생각했다. 중요한 건 납작하지 않은 세상이 있음을 안다는 사실이었다. 리수는 이리저리 움직였다. 때로 자기가 단지 앞으로 가는 게 아니라 면을 타고 위로 움직인다거나 곡선을 따라간다는 걸 느꼈다. 리수는 울퉁불퉁한 빵 봉지를 확인하고 들어가 빵을 먹었다. 다시 몸이 커지기 시작했다.

이제 줄 속에 있는 동물들은 보이지 않았지만 대신 레이저 경보기처럼 아주 가는 줄들이 수많은 방향으로 뻗어 있는 모습이 보였다. 어떤 줄은 너무 길어 시작과 끝이 보이지 않았고, 어떤 줄은 원형이거나 8자였다. 많은 동물들이 그 안에서 선두가 되기 위해 온 힘을 다해 경주를 벌이고 있었다. 리수는 노란 바닥을 떠나 걸었다.

"와아!"

리수는 탄성을 질렀다. 여러 색의 팬지, 장미, 들국화, 해바라기가 만발했다. 해바라기는 수백 년 된 은행나무처럼 까마득하게 높았고, 장미, 팬지, 들국화와는 얼굴을 마주할 수 있었다. 노랑나비 한 마리가 술에 취한 듯 비틀거리며 장미에 앉았다가 가까스로 들국화로 옮겨 갔다. 그리고 가쁜 숨을 쉬었다.

"여긴 어디지?"

나비가 물었다.

"들국화 위에 있어."

리수가 가르쳐 줬다.

"난 여기가 어디인지 물었어."

"들국화 위라니까?"

"여긴 꼭 3 같네. 방금까지는 5에 있었는데……. 너도 날갯짓을 할 때마다 1, 5, 3, 4, 2를 마구 오가면 나처럼 멀미를 하게 될 거야."

"난 구불구불한 길을 차를 타고 갈 때 멀미해. 할머니 댁에 갈 때는 그런 길을 지나."

"거긴 2니?"

"산길이라니까?"

"혹시 잠자리를 보면 내버려 둬. 2에서 19로 가는 건 정말 힘들거든."

나비는 다시 비틀거리며 날아갔다.

"자기 할 말만 하고 가네."

리수는 아쉬워졌다. 자기야말로 여기가 어딘지 묻고 싶었다.

"누구나 그래. 너도 그래. 나도 그렇지."

이번에는 잠자리가 대답했다. 잠자리가 얇은 가지 끝에서 온몸에 힘을 잔뜩 주고 있었다. 리수가 커다랬을 때는 잠자리 눈이 두 개로 보였다. 이제 보니 잠자리의 눈은 수만 개는 될 듯했고, 그 눈마다 다른 세계를 담아 만화경을 보듯 어지러웠다. 리수는 멀미가 나 뒤로 물러섰다. 잠자리는 마음에 드는 세계를 향해 날아갔다.

"잘 가!"

리수가 인사했다.

"못 들어. 이제 다른 곳에 갔거든."

노란색과 보라색이 섞인 팬지가 말했다.

"이 정도 거리에서는 들을 수 있어."

리수가 반박했다.

"넌 누군데 그렇게 바보 같은 소리를 하니?"

"난 안리수야."

"안리수가 누군데?"

장미가 물었다. 리수는 난감해졌다. 아까도 설명하지 못했고, 지금도 설명할 자신이 없었다.

"지금 난 아무것도 아니야."

리수가 풀 죽어 대답했다.

"입술이 창백해서 그래. 나처럼 붉은색을 바르면 자신감이 생길 거야."

장미가 말했다.

"아니, 머리를 잘라야 해. 지금은 너무 지저분해."

팬지가 말했다.

"키가 작잖아. 이런 애는 머리를 자르면 더 작아 보여."

"코를 세울 생각은 없니?"

"쌍수부터 해야 하는 거 아냐?"

꽃들이 너도나도 리수의 외모를 품평했다. 리수는 기분이 언짢아졌다. 당장 자리를 뜨고 싶었지만 꼭 물어봐야 할 게 있었다.

"혹시 여기서 나가는 길 아는 꽃 있니?"

꽃들이 일제히 웃음을 터뜨렸다.

"아무것도 아닌데 여기서 나가고 싶대."

"여긴 아무나 나갈 수 있는 곳이 아닌데 말이야."

"아무것도 아니니 아무 곳에도 안 가면 되겠네."

리수는 더 물어보는 걸 포기했다. 장미에 난 가시가 점점 뾰족해졌고, 팬지의 향도 지나치게 강해 머리가 아팠다.

"내 꽃잎에 얹힌 먼지를 닦아 주면 알려 줄게."

장미가 자기 몸을 리수에게 밀착했다.

"내가 알아서 나갈게."

"알려 준다니까?"

리수는 가시에 찔릴까 겁이 나 소매로 먼지를 닦아 주었다.

"다 닦았어."

리수는 이제 그만 꽃들과 헤어지고 싶었다.

"유리 장수는 알 거야. 유리 장수는 뭐든지 알거든."

"유리 장수는 어디에 있는데?"

"계속 가다 보면 갈림길이 나와. 갈림길을 지나면 있어."

"갈림길에서 어느 쪽으로 가야 해?"

"왼쪽."

"오른쪽."

"왼쪽이야."

"왼쪽일까?"

꽃들이 옥구슬이 구르듯 웃었다. 리수는 꽃들을 헤치고 도망치다 가시에 베였다.

"살짝 베인 거야. 별거 아니야."

리수는 상처에 침을 바르고 갈림길이 나올 때까지 걸었다. 한쪽은 반듯하게 잘 닦인 길이었고, 다른 한쪽은 낙엽이 수북하게 쌓이고 나무가 우거져 빛이 잘 들어오지 않았다. 리수는 나무가 우거진 길을 택했다.

"왜 여기로 왔니?"

리수는 목소리가 들린 곳을 찾았다. 노란 바탕에 갈색 줄무늬가 있는 고양이가 꼬리를 길게 늘어뜨린 채 나무 위에 앉아 있었다.

"기왕 어딘가에 가야 한다면 사람들이 별로 없는 길로 가고 싶어서."

"그럼 넌 지금 도착한 거니? 내가 있는 나무 밑에 말이야."

"아니, 너를 보고 잠깐 선 거야."

"잠깐 섰는지, 도착했는지 어떻게 알아?"

"다시 움직일 거니까."

"다시 움직여도 여기로 오게 되면? 길이란 돌고 돌거든."

"다시 안 와. 이 길로 가면 유리 장수 집이 있댔어."

"확실해?"

"가 보면 알겠지."

리수는 짧은 한숨을 쉬고 덧붙였다.

"너 좀 이상해."

"난 이상해. 너도 이상해. 우린 모두 이상하지. 여왕과 크로케 놀이를 할 거니?"

"난 크로케를 할 줄 몰라."

리수가 저도 모르게 뒤로 반 발 물러서며 대답했다.

"목적지를 모르면서 걸을 수는 있는데, 놀 줄 모르면 못 놀아?"

고양이가 킬킬 웃었다. 리수는 약이 올랐지만 반박할 말이 떠오르지 않았다. 고양이의 구부린 앞발이 흐릿해지더니 웃는 얼굴에 이어 몸통이 없어지고 긴 꼬리만 남아 손등을 부드럽게 쓰다듬다 완전히 사라졌다.

"이상한 고양이야!"

리수는 길을 따라 걸었다. 갑자기 꼬리가 다시 나타났다.

"유리 장수를 만난다고 했어, 거울 장수를 만나러 간다고 했어?"

꼬리가 물었다.

"유리 장수."

"아……."

꼬리는 흡족해하며 도로 사라졌다. 리수는 비록 꼬리라고는 해도 돌아와 자기에게 뭐든 말을 걸어 준 게 기뻤다.

길이 끝날 무렵 멀리 분홍색 지붕이 보였다. 가까이 가니 녹색 페인트칠을 한 울타리가 나타났다. 대문은 활짝 열려 있었다. 리수는 정상적인 풍경에 마음이 놓였다.

"안녕하세요?"

리수는 조심스레 안으로 들어갔다. 마당에는 긴 직사각형 탁자가 있었고, 탁자 위에는 온갖 종이들이 산처럼 쌓여 있었다. 리수는 종이 산이 만든 계곡에서 정신없이 무언가를 계산하고 있는 유리 장수를 찾았다. 유리 장수 왼쪽에는 다람쥐 한 마리가 잠들어 있었는데, 유리 장수는 자기가 원하는 걸 찾을 때마다 다람쥐의 몸통을 잡고 흔들었다. 그럼 수많은 종이 중 유리 장수가 찾는 종이가 날아왔다.

"그러지 말아요! 다람쥐가 아플 거예요."

리수가 말했다. 유리 장수는 도대체 무슨 소리를 하느냐는 얼굴로 유리를 보더니 다람쥐를 단단히 움켜쥐었다.

"아프니?"

"아니요! 절대요. 그냥 장난이잖아요."

리수는 즉시 괜한 참견을 했다고 후회했다. 유리 장수는 리수를 훑어보았다.

"팔은 왜 그래?"

"넘어졌어요."

"다리는?"

"부딪쳤어요."

유리 장수는 리수에게 흥미를 잃고 다시 무언가를 기록하기 시작했다.

"바쁘세요?"

리수가 물었다.

"바쁘지. 왜 바쁜지는 설명할 수 없어. 아니, 설명하면 안 돼. 하지만 듣고 싶겠지. 그래, 듣고 싶을 거야. 그럼 설명하지 않을 수 없지. 네가 간절히 듣고 싶은 눈치니 말이야."

"아니요, 굳이 설명하지 않아도 괜찮아요. 전 그냥……."

"그렇게까지 간절히 듣고 싶다니 말하지 않을 수가 없군. 나는 지금 사합이론(四合理論)을 만드는 중이야. 수축기가 오면 깨진 유리들이 원상복귀될 테니 더 이상 새 유리를 살 사람이 없겠지. 그래서 언제 수축기가 오는지를 계산하고 있어. 우주의 미래를 계산하는 건 시간을 계산하는 것과 같아. 시간을 완벽하게 계산하게 되면 사람의 앞날 또한 계산할 수 있지. 아, 이런. 네 독촉에 못 이겨 설명하느라 무질서가 100×1,000×1조×2조만큼 증가하고 말았어! 이제 이걸 추가해서 계산해야 해."

"왜 손으로 해요? 컴퓨터가 있잖아요."

"컴퓨터는 계속 기억하려고 하니까. 컴퓨터가 기억을 유지하는 데에는 에너지가 소모되고, 그 에너지는 열이 될 테고, 열은 우주의 무질서를 증가시키고, 그럼 깨진 유리가 다시 붙겠지."

리수는 듣는 사람은 상관하지 않고 떠들어 대는 유리 장수의 말투가 어쩐지 익숙하게 느껴졌다. 유리 장수가 갑작스레 의미심장한 웃음을 지었다.

"넌 뒤를 돌아보고 정말 놀라게 될 거야. 내 계산에 의하면 말이지."

리수는 속는 셈 치고 뒤를 돌았다. 그리고 진짜 기겁했다. 자기와 완전히 똑같이 생긴 아이가 자기를 보고 마찬가지로 놀라 서있었다. 리수는 거울인지 확인하려고 머리를 쓸어 올렸다. 자기와 똑같이 생긴 아이도 머리를 쓸어 올렸는데 팔의 각도가 달랐다. 거울은 아니었다.

"내 계산이 정확했어!"

유리 장수가 의기양양해서 소리쳤다.

"저 애가 들어오는 걸 보고 말한 거잖아요."

리수가 말했다. 유리 장수는 머쓱한지 자는 다람쥐를 흔들었다.

"나 안 잤어. 정말이야."

다람쥐가 화들짝 놀라 말하더니 다시 잠이 들었다.

"와, 언젠가 이런 날이 올 줄 알았어!"

리수와 똑같이 생긴 아이가 말했다.

"넌 누구니?"

"넌 누군데?"

"나는…… 그냥 나야."

"당연하지. 나도 나니까. 몇 살이야?"

"열일곱."

"나도 열일곱 살이야. 이제 딱 17년 남았어."

리수는 무슨 말인가 생각하다가 소리쳤다.

"내가 17년 후에 죽는다고?"

"아니, 내가 17년 후에 태어난다고."

"그게 무슨 소리야?"

"너는 너에게 가고 나는 나에게 가지."

유리 장수가 끼어들었다.

리수는 분명히 가만히 있었고, 다른 리수도 발을 움직이지 않았는데 두 사람의 거리가 조금 멀어졌다.

"왜 멀어진 거야?"

리수가 물었다.

"네가 움직인 거 아니야?"

"난 안 움직였거든?"

"시간이 팽창하고 있어서 그래."

유리 장수가 신이 나 설명했다.

"내가 어떻게 벌레구멍에 들어왔는지 너무 궁금했어. 널 만난 걸 보니 곧 알게 될 것 같아."

다른 리수가 멀어지며 소리쳤다.

"벌레구멍에 어떻게 들어왔는지 몰라?"

리수도 큰 소리로 말했다.

"아직 들어오지 않았으니까."

"들어왔는지 모르는데 어떻게 벌레구멍에 있어?"

"결과가 있으니 원인이 있지."

"원인이 있으니 결과가 있는 거야!"

"결과가 없는데 어떻게 원인이 있을 수 있어?"

"설마…… 네가 내 미래란 말이야?"

"네가 내 미래지. 예전에 나는 아주 늙었어. 살면서 하나씩 내게 생겨난 일들의 원인을 찾아왔지. 이제 첫 번째 원인인 내가 태어나기까지 17년 남았고 말이야."

"그럼 이미 모든 게 다 결정된 거야?"

"원인이 다 나오지 않았는데 결정되긴 뭐가 결정돼?"

"결과는 이미 다 나와 있잖아!"

"무슨 소리를 하는 거야? 난 아직 어떤 원인도 선택하지 않았는데……."

"내가 여기 들어왔잖아. 벌써 다 선택했단 말이야!"

"난 아직 선택하지 않았거든?"

다른 리수가 손바닥으로 확성기 모양을 만들어 외쳤다.

"피차 자기가 선택한 건데 뭐가 문제야?"

유리 장수가 툴툴거렸다.

리수는 다른 리수와 대화가 불가능해지기 전에 반드시 해야 할 말이 떠올랐다.

"---를 조심해!"

다른 리수는 멀어지는 리수를 보며 발을 동동 굴렀다. 다른 리수야말로 리수에게 꼭 해주고픈 말이 있었다. 유리 장수가 있는 집은 이제 성냥갑처럼 작게 보였다. 무슨 말을 하든 들리지 않을 것 같았다.

다른 리수는 작은 점처럼 되더니 사라졌다. 리수는 유리 장수에게 물었다.

"다른 내가 나와 같은 선택을 하지 않게 하려면 어떻게 해야 하죠?"

"방금 조심하라고 말했잖아."

"거리가 너무 멀었어요. 제대로 못 들었을 거예요."

"네가 못 들은 건 내가 어쩔 수 없어."

"말한 게 나예요."

"말했으면 됐잖아."

리수는 가슴이 답답해졌다. 경고해야 했다. 자기와 같은 선택을 하게 내버려 둘 수는 없었다. 그런데 그게 언제 시작된 거지? 아니, 어떻게?

유리 장수는 다람쥐를 흔들어 새 종이를 불러왔다. 그리고 한참을 계산하더니 물었다.

"넌 언제 ---가 시작됐는지 궁금한 거야, 어쩌다 ---가 시작될지가 궁금한 거야?"

"둘 다요!"

"둘 다는 안 돼. 언제 ---가 오는지 알려면 어쩌다 오는지 알 수 없고, 어쩌다 오는지를 알려면 언제 오는지는 알 수 없어."

"왜요?"

그때 흰 토끼가 왔다. 리수가 따라온 바로 그 흰 토끼였다.

"무사했구나!"

리수가 반갑게 말했다.

"여왕님이 크로케 경기 초대장을 보내셨습니다."

토끼는 리수 말은 들은 척도 하지 않고 유리 장수에게 초대장을 넘겼다.

"벌써 크로케 경기가 시작됐다고? 안 돼! 아직 계산을 반도 마치지 못했단 말이야."

유리 장수가 비통하게 외쳤다.

"여기 초대장을 받으세요."

토끼가 리수에게도 초대장을 건넸다.

"나, 나는 크로케를 할 줄 모르는데……."

"여왕님의 초대를 거절하실 건가요?"

토끼가 물었다. 리수는 어쩔 수 없이 초대장을 받았다.

"늦으면 안 됩니다."

토끼는 회중시계를 보더니 허겁지겁 뛰어갔다. 리수는 초대장을 펼쳤다.

사랑의 여왕이 지평선에서 열리는 크로케 경기에 안리수 씨를 초대합니다.

"정말 내 이름이 적혀 있어."

리수는 사방을 둘러보았지만 어디가 지평선인지 알 수 없었다. 토끼가 늦으면 안 된다고 말했다. 유리 장수가 커다란 모자에 다람쥐를 넣더니 슬픈 얼굴로 어딘가를 향해 걸었다. 리수는 유리 장수가 크로케 경기장에 가려니 하고 따라갔다.

"빨리! 서둘러."

"안 그러면 우리 다 갈가리 찢길 거야."

앞에서 웅성거리는 소리가 들렸다. 9, 2, 3이라고 적힌 트럼프 카드가 넓은 꽃밭에 하얀 바람꽃을 정신없이 심고 있었다. 트럼프가 인기척에 몸을 돌렸다. 종이로 된 트럼프의 몸이 눈물에 젖어 눅눅해져 있었다.

"그만 울어. 몸이 녹아 없어지겠어!"

리수가 달랬다.

"왜 이렇게 늦게 왔어? 꽃씨는 구해 온 거지?"

3번이 말했다.

"무슨 꽃씨?"

리수가 어리둥절해 물었다.

"사랑의 여왕님이 노란 장미 한 송이를 심으라고 했는데, 노란 장미를 구하지 못했거든."

"노란 장미 한 송이가 없으면 초록 튤립 다섯 송이를 심어야 해."

"물론 그나마라도 있었다면 우리가 이러고 있지는 않을 거야."

"아쉬운 대로 빨간 국화 오십 송이를 심으려고 했지만 보다시피 일곱 송이밖에 없어."

"그래서 부족한 꽃을 바람꽃으로라도 채우려는 거야."

"부족해, 터무니없이 부족해!"

"어쩔 수 없어. 바람꽃을 노랗게 칠해!"

트럼프들은 물감으로 꽃을 칠하기 시작했다.

"바람꽃은 국화보다 작아. 이런 걸로는 속지 않을 거야."

3이 좌절해 주저앉았다. 리수는 주머니를 뒤졌다. 빨간 국화 씨 세 개와 바람꽃 씨 아홉 개가 나왔다.

"이거라도 보탤래?"

"정말 고마워, 1!"

"난 1이 아니야."

리수가 반박했다. 카드들이 리수를 위아래로 훑었다.

"1 맞네. 아니어도 1을 해야 해. 우린 1이 필요하거든."

"왜?"

"궁극의 진리는 42니까."

"사랑의 여왕님이 오십니다!"

트럼펫 소리가 울렸다. 트럼프들이 모두 엎드려 머리를 조아렸다. 사랑의 여왕이 남편과 기사 카드, 일반 숫자 카드들을 이끌고 나타났다. 사랑의 여왕, 남편, 기사 카드는 몸통과 머리, 팔, 다리가 도형으로 이루어졌는데 일반 숫자 카드는 모두 납작했다. 여왕은 꽃밭을 살폈다. 바람꽃에서 노란색이 칠했던 순서와 반대 방향으로 사라져 흰색이 드러났다.

"노란 장미를 심으라고 했더니, 바람꽃으로 눈속임을 하려 들어? 저놈들을 찢어 버려라!"

트럼프들이 끌려갔다. 리수는 말리고 싶었지만 여왕이 자기도 찢어 버리라고 할까 봐 무서웠다.

"너는 왜 절을 하지 않지?"

여왕이 엄하게 물었다.

"절을 해야 하는지 몰랐어요."

리수가 화급히 대답했다.

"몰랐다니, 너는 입체니 목을 쳐야겠구나!"

"전 크로케 경기 초대장이 있어요."

리수가 허둥지둥 초대장을 꺼냈다.

"크로케 경기를 할 줄 아니?"

여왕이 물었다. 모른다고 하면 목을 치겠다고 할 것 같았다.

"네, 할 수 있을 것 같아요."

여왕은 리수를 살폈다.

"그럼 가자."

지평선에서 크로케 경기가 시작되었다. 리수는 경기장 입구에 쓰여 있는 놀이하는 법 설명을 읽었다. 돌아가며 기둥 문, 막대, 공 역할을 맡아서, 가장 많은 기둥 문에 공을 넣은 조가 우승하는 놀이였다. 할 수 있을 것 같았다. 리수는 막대를 받았다. 막대는 돌돌 만 일반 카드였고 공은 구겨진 카드였으며 문은 엎드린 카드였다. 리수는 차마 공을 치지 못했다.

"안 치고 뭐해? 네 차례잖아!"

사랑의 여왕이 눈을 부라렸다. 리수는 덜덜 떨며 막대를 들었다.

"너, 거기 똑바로 안 해?"

사랑의 여왕이 다른 곳으로 갔다. 리수는 막대를 끌어안고 주저앉았다.

"넌 착하구나. 괜찮아, 쳐."

막대가 말했다.

"그래도 돼?"

"치면 알아."

리수는 막대를 살짝 휘둘렀다. 공은 막대가 다가오자 굴러서 막대에 맞은 척했다. 토끼가 북을 쳤다.

"교대!"

리수는 이제 자기가 막대나 공 역할을 하나 보다 했다. 그런데 그게 아니었다. 여왕과 왕, 기사들이 서로 막대를 교환했고, 문 역할을 하던 일반 카드들이 위치를 바꿨다.

"나는 10년째 막대 역할을 하고 있어. 해마다 내년에는 선수가 된다고 들었지. 경기 시작 전에 여왕에게 말했더니 내 말이 다 맞다면서 내년에 선수가 될 거래."

리수에게 안긴 막대가 말했다.

"다들 똑바로 안 해? 입체가 되지도 못할 거면 입체를 방해하지 말란 말이야!"

심판이 고래고래 고함을 질렀다.

"이건 말도 안 돼요."

리수가 유리 장수에게 말했다.

"난 이제 유리를 팔 수 없게 되었는데도 긍정적으로 사고하려 노력하고 있어. 그런데 넌 매사에 불평불만만 늘어놓는구나."

유리 장수는 리수가 귀찮은지 다른 곳으로 갔다. 리수는 그런 정도는 아무렇지도 않게 받아들인 스스로가 대견했다. 오늘 하루가 평소보다 더 길게 느껴지는데도 한 번밖에 울지 않았다. 리수는 알아서 피할 수 있는 공을 찾아 경기장을 둘러보았다. 기둥문은 사랑의 여왕, 기사, 심판의 눈을 피해 지친 몸을 뉘였다. 공들은 막대와 짜서 요령껏 서로를 다치지 않게 했다. 그걸 눈치챈 여왕이 공을 밟고 막대로 쳤다. 둘이 흘린 눈물이 리수에게 튀었다.

"점수를 내지 못하는 자는 경기장을 떠날 수 없어! 점수를 못내고 경기장을 떠났다가는 목을 칠 테다!"

사랑의 여왕이 눈을 부라리며 악을 썼다.

"지당하신 말씀입니다."

남편이 말했다.

리수는 무서웠다. 그만 경기장을 나가고 싶어졌다. 그러려면 한 점이라도 내야 했다.

"환호성부터 질러."

막대가 속삭였다.

"뭐?"

"질러!"

"와! 한 골 넣었다!"

리수는 소리치고 기둥 문 앞으로 갔다. 그러자 공이 몸을 굴리며 기둥 문을 통과했다. 그러더니 도로 돌아왔고, 기둥 문은 거꾸로 돌리는 영화처럼 일어나 뒷걸음질로 사라졌다. 누군가는 리수처럼 공을 넣기 전에 환호성을 질렀고, 다른 이는 공을 넣고 환호성을 질렀지만 공이 거꾸로 돌아와 무효가 되었다.

"난 점수를 냈어. 그만 갈래."

리수는 경기장을 떠나려 했다. 아무리 걸어도 경기장은 끝나지 않았다. 리수는 달렸다. 한참을 달렸는데도 러닝머신에서 뛰는 것처럼 제자리였다. 리수는 좌절해서 주저앉았다. 주머니에서 뭔가가 바스락거렸다.

"빵이 있었어! 몸이 커지면 경기장을 빠져나갈 수 있을 거야."

리수는 빵을 먹었다. 너무 커지면 눈에 띌 터라 조금만 먹으려고 했는데 일단 먹기 시작하자 멈출 수가 없었다. 하루 종일 먹은 게 빵 한두 입뿐이었으니 당연한 일이었다. 갑자기 땅이 멀어졌다. 그러더니 어느 순간 머리가 구름을 지났다. 몸의 비율도 이상해져서 목이 너무 길어 몸통이 보이지 않을 정도였다. 갑자기 까치가 날아와 리수의 얼굴을 쪼려 했다.

"이 못된 뱀!"

"난 뱀이 아니야! 난 안리수야!"

"거짓말하지 마! 내 알을 훔치러 왔지?"

"뱀은 머리카락이 없잖아. 봐, 난 목덜미…… 아니, 이젠 목이 너무 길어졌지. 턱 끝까지 머리카락이 있어."

"흠……."

까치는 꼼꼼히 리수의 머리를 살폈다.

"그러네. 이런 회색 머리카락이 있는 뱀은 본 적이 없어."

"회색이라니? 내 머리는 검은색이야."

"회색 맞아. 게다가 점점 하얗게 변하고 있는걸?"

"뭐?"

리수는 손을 뻗어 머리카락을 앞으로 넘기려 했다. 하지만 손은 아직 구름 아래에 있었고 아무리 힘을 줘도 너무 느리게 올라왔다. 리수는 손을 올리는 걸 포기하고 머리를 흔들어 머리카락이 앞으로 넘어오게 했다. 정말로 머리카락이 할머니처럼 하얗게 변하고 있었다.

"말도 안 돼!"

"네 발은 어린아이고, 몸통은 어른이고, 얼굴은 할머니야. 어른이 할머니까지 오는 데는 시간이 걸리지. 네 손이 머리카락에 닿을 무렵이면 네 얼굴은 다 늙어 있을 거야."

"난 17살이야. 아직 할머니가 아니야!"

"넌 어린아이였고, 어른이었고, 할머니였어."

"아냐, 난 어린아이였다가 이제 17살이 된 거야."

"어린아이일 때는 기억하면서 할머니일 때는 기억하지 못하다니 정말 이상한 애야."

"아니야, 그렇지 않아. 난 할머니가 될 수 없는걸!"

그때 아래에서 소란이 일었다.

"사랑의 여왕님의 휴대폰이 없어졌다!"

트럼프 카드들이 리수의 몸을 타고 올라왔다. 그리고 리수에게 물을 먹이려 했다.

"싫어!"

카드는 리수가 싫다고 말하는 틈을 타 리수의 입에 물을 부었다. 리수는 다시 작아졌다.

"재판을 시작한다!"

토끼가 외쳤다.

리수는 어느새 피고인석에 앉아 있었다. 변호사는 아까 꽃씨를 심던 트럼프 카드 9였다.

"다행이다. 목이 잘리지 않았구나."

리수가 말했다.

"응."

9는 서류철을 넘기느라 건성으로 대답했다. 서류에는 아무것도 쓰여 있지 않았다.

"난 휴대폰을 훔치지 않았어. 알지?"

"쉿."

9가 검지로 입을 막았다. 여왕이 판사석에 앉았다.

"휴대폰을 잃어버렸다고 주장한 게 여왕 아니야? 그런데 왜 판사석에 있어?"

유리가 물었다.

"여왕이잖아."

9번이 대답했다.

"증인을 불러라!"

여왕이 외쳤다. 벼룩이 높은 호를 그리며 뛰어왔다.

"증언하라."

여왕이 말했다.

"아무것도 아닌 게 유리 탁자에서 열쇠를 가져와 문을 열었습니다. 그리고 문을 잠그지 않아서 벌레들이 우리 정원에 침입했어요."

벼룩이 '우리'를 강조하며 말했다.

"누구나 들어올 수 있는 정원이야. 게다가 그건 휴대폰하고 상관없잖아. 이의를 신청해야 하는 거 아니야?"

리수가 9번에게 말했다.

"가만히 있어 봐. 내가 다 알아서 할게."

9번이 빈 서류를 넘기며 대답했다.

"다음 증인을 불러라!"

여왕이 말하자 초파리가 들어왔다.

"할아버지께서 말씀하시길 아무것도 아닌 게 울어 대는 바람에

물에 빠져 죽을 뻔했다고 했습니다."

"거짓말이야!"

리수가 자리에서 벌떡 일어났다.

"난 혼자 울었어. 내 눈물에 빠져 죽을 뻔한 사람은 나 하나뿐이야!"

"죄인을 조용히 시켜라."

여왕이 말하자 기사 카드가 리수에게 눈을 부라렸다. 리수는 하마터면 다시 울 뻔했다.

"괜찮아. 아무 일도 아니야."

리수는 스스로에게 말했다.

"다음 증인은 누구지?"

여왕이 물었다. 9번이 일어났다.

"접니다."

"말하라."

"안리수, 지금 휴대폰이 있니?"

리수는 9번이 자기 이름을 불러 준 게 너무 기뻤다.

"없어. 내 건 망가졌어."

"안리수는 자기 휴대폰이 망가졌다고 말했습니다."

9번이 말했다.

"그래서 내 휴대폰을 훔쳤군."

여왕이 알겠다는 듯 고개를 끄덕였다.

"아니야! 떨어져서 망가졌을 뿐이야!"

"내 휴대폰을 훔쳐가서 망가뜨리기까지 했단 말이야?"

여왕이 목청을 높였다.

"난 너희에게 내가 가진 꽃씨를 다 줬어. 그런데 어떻게 나한테 이럴 수가 있어?"

리수가 9번에게 소리쳤다.

"너도 내가 끌려갈 때 보고만 있었잖아."

9번이 대답했다.

"할 수 있는 만큼은 널 도왔잖아! 난 저녁도 못 먹었어."

"꽃씨? 지금 꽃씨를 줬다고 했어? 꽃씨는 어디서 났지?"

여왕이 기회를 놓치지 않고 물었다.

"훔친 거야."

기사가 다 안다는 듯 말했다.

"여왕을 만나지 않는 법을 자기 자신에게 알려 주려 했습니다!"

유리 장수도 고발했다.

"나는 아무것도 훔치지 않았어!"

리수가 항변했다.

"목도리! 왜 목도리를 하고 있지?"

여왕이 다그쳤다.

"나, 날씨가 추워서……."

"오늘은 따뜻해."

9번이 말했다.

"여긴 실내야. 실내에서도 목도리를 하고 있는 건 너밖에 없어."

다람쥐가 졸린 눈으로 말했다.

"목도리에 휴대전화를 숨겼군. 목도리를 벗겨라!"

여왕이 명령했다. 기사가 리수의 목도리를 잡아 풀었다. 리수는 더 견딜 수 없었다. 손으로 목을 가리고 자리를 박차고 나와 달렸다. 멀리 학교가 보였다. 리수는 개구멍으로 들어갔다. 기어가느라 목을 가린 손을 내릴 수밖에 없었다. 목에는 퍼런 멍이 들어 있었다. 그저께 책상에 부딪쳤다. 거친 땅이 까진 무릎을 자극했다. 어제 넘어져서 다쳤다. 팔에는 쓸린 상처가 있었다. 운동장에서 피구를 하다 생겼다. 다 덜렁대는 자기 탓이다. 리수는 옥상으로 향했다. 문이 잠겨 있었다. 리수는 몰래 열쇠를 만들어 숨겨 놓는 아이들과 종종 옥상에 올라가서 열쇠가 어디 있는지 알고 있었다. 토끼가 난간 위에 서 있는 모습이 보였다. 위험했다. 토끼를 잡으려다 휴대전화가 땅에 떨어져 박살났다.

∞

리수는 눈을 떴다. 엄마 아빠가 보였다. 언니가 누군가를 찾으며 달려갔다. 엄마가 리수를 끌어안았다.

"빨간 여왕은 경찰서에서 조사를 받고 있어. 절대 같은 학교에 다니지 못할 거야."

리수는 눈을 깜빡였다. 온 세상이 흐릿했다.

"내 안경……."

"새로 맞춰 줄게."

아빠가 목이 메어 말했다.

쿤라와 그레시아

숲에 가면 안 돼.
숲에는 무시무시한 마녀가 살아.
마녀는 달콤한 과자로 너희를 유혹하지.
절대 마녀가 주는 걸 받아먹지 마.
마녀는 널 포동포동하게 살찌운 뒤 잡아먹을 거야.

타인의 불행에는 철저하게 무심한 사람들처럼 냉랭하게 서 있는 가문비나무 사이로 저무는 햇살이 비쳤다. 그레시아는 모닥불을 키웠다. 기온이 급속히 떨어지고 있었다. 오빠 제르젠은 아직 잠에서 깨지 않았다. 제르젠을 두고 갈 수도 들쳐 메고 걸을 힘도 없었다. 그저 깨어나기를 기다려야 했다. 제르젠 옆에는 엄마가 두고 간 물주머니가 있었다. 목이 말랐지만 저 물을 마셔서는 안 된다.

제르젠은 한밤중에야 깨어났다. 그는 잠시 어리둥절한 표정을 지었다.

"여긴 어디야? 엄마 아빠는?"

제르젠은 어지러운지 머리를 짚었다. 아직 약 기운이 남아 있는 모양이었다.

"엄마 아빠는 나무하러 간 거야? 언제 온대?"

그레시아는 모닥불만 바라보았다.

"달이 뜨면 집에 가자. 저번처럼 오는 길에 조약돌을 떨어뜨렸어."

제르젠은 숲에 깊이 들어갈 때면 만일에 대비해 흰 조약돌을 챙기고는 했다. 흰 조약돌은 달빛을 반사했다. 제르젠은 저번처럼 조약돌을 따라가면 집에 돌아갈 수 있다고 믿었다.

"오늘은 그믐이야, 오빠."

엄마 아빠는 지난번과 같은 실수를 하지 않으려 일부러 그믐밤에 나왔다. 제르젠은 당황해 주변을 살피다 물주머니를 발견했다. 목이 타는지 물을 마시려던 제르젠이 불현듯 손을 멈추더니 못 만질 걸 만진 양 손을 움츠렸다.

"날이 밝으면 어떻게 해서든 길을 찾아볼게."

제르젠은 자기도 겁에 질렸으면서 어떻게든 오빠다운 모습을 보이려 했다.

"난 안 가. 가려면 오빠 혼자 가."

"안 가면 어떡할 거야?"

제르젠이 소리쳤다. 그레시아는 고집스레 입을 다물었다. 제르젠의 얼굴에서 핏기가 가셨다. 엄마 아빠가 자기들을 또 버렸다. 지난번에는 부정하려 했다. 길을 잃어 못 찾았다는 말을 믿었다. 달리 어쩌란 말인가. 자기는 열다섯 살, 그레시아는 열세 살이다. 둘의 힘으로는 숲에서 살 수 없다. 게다가 이 숲에는…… 그의 불안을 읽은 듯 멀리서 늑대 울음소리가 들렸다. 지금은 겨울이다. 늑대도 굶주릴 시기다.

"우릴 잃어버린 거야. 날이 밝으면 집에 돌아가자. 분명 우리를 걱정하고 있을 거야. 밤새 숲을 헤매며 우릴 찾았을 게 분명해."

"안 간다고 했잖아."

"무슨 소리야? 같이 집에 가야지."

"난 집이 없어."

"집이 왜 없어?"

제르젠이 겁에 질려 소리쳤다.

"오빠는 이번이 두 번째지. 난 다섯 번째야. 게다가……"

그레시아는 엄마가 준 물을 마시지 않았다. 엄마도 그레시아가 왜 마시지 않는지 알고 있었다. 엄마는 잠든 제르젠과 자기를 물끄러미 바라보는 그레시아를 두고 떠나며 텅 빈 목소리로 말했다. 이번에는 돌아오지 마. 아빠는 이미 보이지 않았다.

"오빠는 아직도 그 말을 믿는 거야? 내가 이 전에 숲에서 세 번이나 길을 잃었다고? 내가 미쳤다고 늑대가 나오는 숲에 혼자 들어와?"

"그때, 그때는 어렸잖아. 그래서 놀다가 길을 잃고……"

"맞아, 난 어렸어. 아주 어렸지. 날 깊은 숲에 버리고 가면 어떻게 될지 엄마 아빠가 몰랐을 것 같아? 엄마는 내가 집으로 돌아갈 때마다 점점 더 깊은 곳으로 날 데려갔어. 작년에는 오빠도 같이 데려가기에 안심했었어. 오빠까지 버리려 들 줄은 몰랐거든. 근데……."

"거짓말이야! 엄마 아빠가 그럴 리 없어!"

그레시아는 제르젠의 목소리에서 자기가 더 말할 필요가 없음을 느꼈다. 제르젠도 마음 깊은 곳에서는 알고 있었다. 저번에는 자기들을 찾아 헤맸다는 엄마 아빠의 말을 필사적으로 믿었지만 이번에도 그럴 수는 없었다.

"너무 졸렸어."

제르젠이 절망에 차 말했다. 엄마가 준 물을 마시자 참을 수 없이 졸음이 쏟아졌다. 아빠가 자기를 업는 기척을 느꼈다. 그대로 집으로 돌아갈 줄 알았다. 작년에도 엄마가 잠깐 기다리라며 준 물을 마시자 바로 잠이 들었었다.

"그래도 어떻게, 설마……."

그레시아는 제르젠이 현실을 인정했다가 부정하기를 반복하는 동안 그를 어떻게 하면 좋을지 생각했다.

"넌 왜 잠들지 않았어?"

"난 물을 마시지 않았으니까. 말했잖아. 다섯 번째라고."

제르젠은 머리를 감싸 쥐었다. 엄마 아빠가 연거푸 자신들을 버렸다는 걸 어떻게 받아들이란 말인가?

"처음…… 길을 잃었을 때 너는 여섯 살이었잖아. 그 다음에는 여덟 살 때였고."

74

제르젠은 여전히 엄마 아빠가 자신들을 버렸다고 이야기하지 못하며 길을 잃었다고 표현했다.

"잘 기억하네. 여덟 살, 열 살까지 2년마다 겨울이면 날 버렸고, 작년에 이어 올해까지 총 다섯 번이야."

그레시아가 '버렸다'로 정정했다.

"그런데 어떻게 돌아왔던 거야? 여섯 살짜리 꼬마가 이 깊은 숲에서 어떻게?"

제르젠이 그레시아가 두려워하던 질문을 던졌다.

"해가 뜨면 길을 찾아볼게."

그레시아는 나뭇가지로 불을 키우는 척하며 제르젠의 눈을 피했다.

"엄마와 아빠는 늑대가 나오는 곳에 우릴 두고 갔어. 네가 불을 피우지 않았다면 진작 잡아먹혔을지도 몰라. 그런데 그 집에 어떻게 돌아가? 너는…… 너는 어떻게 돌아갈 수 있었어?"

— 집으로 돌아가. 나이가 들면 네게 부모를 버릴 기회가 올 거다.

쿤라가 말했다.

그때 그레시아는 여섯 살이었다. 어느새 7년이 지나 그때보다 두 배하고도 한 살 더 나이를 먹었지만 여전히 자기가 어른이 된다는 것과 엄마 아빠가 할머니 할아버지가 된다는 건 까마득하게 느껴졌다. 자기는 여전히 혼자 살기에는 어리고 살 곳도 돈도 없었지만 오지 말라는 말까지 듣고 또 돌아갈 수는 없었다. 어떻게든 그 집에서 버텨 어른이 된다 해도 엄마 아빠를 버리고 싶지 않았다.

"달리 어쨌겠어?"

"넌 집에 가지 않겠다고 했어. 방법이 있는 거야?"

"그만 자. 아침에 생각하자."

"난 많이 잤어. 내가 불을 볼게."

제르젠이 말했다. 그레시아가 옆으로 눕자 자기 무릎에 머리를 얹어 주었다. 두 살 많은 오빠 제르젠은 마을 다른 오빠나 형들처럼 동생을 때리지 않았다. 오히려 마을 아이들이 놀리거나 못살게 굴면 막아 주었다. 제르젠이 다른 아이들보다 유달리 크거나 힘이 센 건 아니지만 그래도 남자아이였다. 든든한 보호자가 있기에 자기를 함부로 괴롭히는 아이들은 없었다. 그러면 뭐하나. 가장 큰 보호자여야 할 엄마 아빠에게 버림받았는데…….

그레시아는 추위에 떨며 잠에서 깼다. 아직 한밤중이었다. 제르젠은 어느새 잠들어 있었다. 그레시아는 불을 살렸다. 오빠를 데리고 쿤라에게 가도 될까? 쿤라는 남자아이는 절대 데려오면 안 된다고 했었다.

쿤라를 처음 만난 건 7년 전이었다. 그때는 어떻게 쿤라의 집에 갈 수 있었는지 정확히 기억나지 않았다. 잠에서 깼더니 온통 깜깜하고 낯선 숲에 혼자 있었다. 그레시아는 엄마를 찾아 울면서 걷다가 넘어지기를 반복하다 불빛을 발견했다.

두 번째는 좀 더 나았다. 눈을 뜨니 자기 손도 보이지 않을 만큼 어두운 한밤중이었다. 그레시아는 감촉으로 자기가 마른풀 위에 누워 있음을 알았다. 산모기가 달려들었다. 그레시아는 손을 휘저어 모기를 쫓았다.

"엄마?"

그레시아는 엄마가 대답하지 않을 줄 알면서도 불러 보았다. 열매를 따자며 자기 손을 꼭 쥐고 집을 나설 때부터 예상한 일이었다.

엄마는 깊은 숲에 가면 남들이 놓친 게 있을지도 모른다고 했다. 봄부터 가물어 나무들이 꽃망울도 올리지 못해 가을에도 열매 구경을 못했는데 말이다. 엎친 데 덮친다고 여름에 메뚜기 떼가 몰려와 농작물을 싹쓸이했다. 그레시아네 집 네 식구 모두 묽은 죽으로 연명한 지 오래였다.

"엄마……."

그레시아는 엄마를 부른 게 아니었다. 두 음절 단어에 담긴 감정은 '또'였다. 엄마가 또 자기를 버렸다. 잠들기 전 마지막 기억은 엄마가 목마르겠다며 물주머니를 내밀던 모습이었다. 물에서 양귀비 향이 났다.

그레시아는 2년 전 일을 떠올렸다. 쿤라의 집을 찾을 수 있을까? 그레시아는 손과 발을 눈 삼아 조심스레 걸었다. 앞으로 뻗은 손끝에 날카로운 가시가 닿았다. 그레시아는 가시를 피하려 옆으로 게걸음을 걸었지만 갈수록 가시가 많아졌다. 그레시아는 자기가 제자리에서 빙빙 돌고 있다는 느낌을 받았다. 발밑에서도 가시가 밟혔다.

"할머니, 쿤라 할머니! 제발 도와주세요!"

그레시아가 소리쳤다. 두꺼비가 시끄럽다고 나무라듯 울었다. 그레시아는 두꺼비 울음소리에 희망을 찾았다. 쿤라가 사는 곳 부근에는 늪이 있었다. 거기 사는 두꺼비는 보통 두꺼비보다 덩치가 훨씬 컸으며 더 굵고 음침하게 울었다.

"쿤라 할머니, 저 그레시아예요! 할머니……!"

쿤라는 다시는 오지 말라고 했다. 또 오면 두꺼비로 만들어 평생 늪에 살게 하겠다고 겁을 줬다. 자기 집 뒤 늪에 있는 두꺼비는 모두 자기를 귀찮게 군 아이들이었다나.

"도와주세요……."

그레시아는 몸과 마음이 모두 지쳐 주저앉으려다 가시에 엉덩이를 찔렸다. 땅에도 가시나무가 깔려 있었다. 더 이상 움직일 곳이 없었다. 어디선가 작고 푸르무레한 불빛들이 나타났다.

"쿤라 할머니!"

그레시아는 이제 살았다는 심정으로 외쳤다. 마치 반딧불이 같은 작은 불빛 수백 마리가 날아와 사방을 밝혔다. 불을 밝혀 주는 건 고맙지만 날갯짓 소리가 파리처럼 시끄러워 거슬렸다.

가시나무 틈 사이로 어른 한 명이 가까스로 빠져나갈 만한 길이 보였다. 낮에도 쉽게 보이지 않을 텐데 불빛들이 길을 중점적으로 비춰 찾을 수 있었다. 그레시아는 시끄럽고 푸르스름한 불빛들을 따라 걸었다.

불빛들은 그레시아를 기억 속 그 집으로 안내해 주었다. 가시나무로 울타리를 두르고 조금씩 크기와 모양이 다른 판자로 만든 집이었다. 한밤중인데도 창문에서는 불빛이 새어 나오고 굴뚝에서는 연기가 피어올랐다. 그레시아는 판자를 얼기설기 이어 붙여 틈 사이로 불빛이 흘러나오는 문을 두드렸다.

"쿤라 할머니……."

대답은 들리지 않았다. 2년 전에도 그랬다. 그때는 다른 도리가 없어 무작정 밀고 들어갔다면, 지금은 쿤라가 자기를 내쫓지는 않으리라는 마음으로 문을 열었다. 달콤한 빵 냄새가 풍겨 왔다. 쿤라는 허리를 굽힌 채 어린아이가 들어갈 만한 커다란 솥에서 무언가를 끓이고 있었다. 다리 높이가 맞지 않아 기운 식탁에는 모락모락 김이 솟는 스튜와 갓 구운 빵이 놓여 있었다. 식탁 위에서 모로 누워 자던 검은 고양이가 눈을 반쯤 뜨더니 등을 둥글리며 네 발을 앞으로 죽 밀었다. 횃대에는 까마귀 한 마리가 박제가 된 듯 앉아 있었다.

그레시아는 빵 냄새에 고인 군침을 꼴깍 삼키고 안으로 한 발 들어갔다.

"안녕하세요, 쿤라 할머니."

"할머니? 난 너 같은 손녀 둔 적 없어!"

쿤라가 퉁명스레 말했다.

"저 그레시아예요. 기억 못하세요?"

그레시아가 홀린 듯이 식탁으로 가며 말했다. 배에서 꼬르르륵 소리가 났다.

"하루 종일 아무것도 못 먹었어요. 먹어도 되나요?"

그레시아가 물었다. 쿤라가 그레시아 쪽으로 고개를 돌렸다. 주름이 자글자글한 얼굴에 눈은 길게 찢어졌으며 크고 작은 검버섯들이 피어 있었다. 쿤라가 입을 벌리자 시커멓게 썩은 이들이 드러났다.

"그걸 먹으면 두꺼비가 될 텐데?"

"두꺼비가 되어도 좋아요."

2년 전에도 같은 말을 했다. 저 빵을 먹을 수만 있다면 두꺼비가 된들 어떠랴. 지금은 저 빵을 먹는다고 두꺼비가 되지 않는다는 걸 안다. 쿤라는 코웃음을 치며 다시 국자를 저었다. 그레시아는 스튜를 먹었다. 그때처럼 잘게 간 고기가 들어 있었다. 그레시아는 그릇에 묻은 스튜까지 설거지하듯 빵으로 싹싹 닦아 먹었다. 커다랗게 트림이 나왔다. 살 것 같았다.

"고마워요, 쿤라 할머니."

"두꺼비 고기를 먹고 잘 먹었다고 하는구나. 오래 전에 뭣 모르고 여기 와서 그걸 먹고 두꺼비가 된 아이지. 하도 성가시게 굴어 솥에 넣고 끓여 버렸어."

쿤라가 나무 컵을 식탁에 내려놓으며 심술궂게 말했다. 그레시
아는 컵에 든 차를 마셨다. 시고 조금 달았다.

"산사열매 맛이 나요."

"그간 배가 고파 별걸 다 먹은 게로구나."

"혹시 산사열매가 소화가 잘되게 해주나요?"

"뭐?"

"저번에 여기 왔을 때요, 스튜를 먹으면 아플지도 모른다고 생
각했어요. 며칠 굶다 갑자기 뭘 먹으면 기껏 먹은 걸 게워내게 되
더라고요. 심지어는 배가 끊어질 듯 아파서 고생하기도 하고요.
알면서도 너무 배가 고파 먹지 않을 수가 없었어요. 그날도 다 먹
고 나니 이 차를 줬어요. 배불러서 못 마실 것 같았는데 다 마시
라고 윽박질러서 어쩔 수 없이 마셨죠. 처음에는 스튜가 워낙 부
드러워 배가 안 아팠나 했는데, 이제 보니 이 차도 도움이 된 것
같아요. 이건 어떻게 만들어요?"

"그건 왜 물어봐?"

"오빠가 배앓이하면 주게……."

쿤라가 그레시아의 양어깨를 아플 만큼 단단히 쥐었다. 쥐똥처
럼 작고 까만 눈동자에서 불꽃이 튀었다.

"절대로 그런 짓 하면 안 된다. 나한테 배웠다고도, 이런 걸 먹
으면 저런 걸 마시면 몸에 좋다거나 병이 낫는다거나 따위 소리는
어디서도 해서는 안 돼!"

"알았어요, 안 할게요!"

그레시아가 대답했는데도 쿤라는 어깨를 놓지 않았다.

"맹세하거라."

"왜 그런 맹세를 해야 하는데요?"

그레시아가 겁에 질려 물었다.

"넌 질문이 지나치게 많아."

쿤라가 고개를 바짝 디밀자 숨에서 역한 냄새가 났다.

"그런 짓을 했다가는 마녀라며 마을에서 쫓겨날 거야. 넌 마녀도 아닌데 말이지."

까마귀가 횃대에서 시끄럽게 울어 댔다. 고양이도 잠에서 깨 타박하듯 울었다.

"그게 어때서요? 엄마가 날 또 숲에 버렸어요."

그레시아의 눈에서 눈물이 떨어졌다.

"네가 어른이 되면 네 엄마는 늙을 거야. 그럼 네가 버릴 수 있지. 하지만 마을에서 쫓겨나면 살 방법이 없어."

"할머니도 숲에서 살잖아요."

"난 마녀잖니."

"그럼 저도 마녀가 될래요."

"마녀로 태어나야만 마녀가 될 수 있어."

"그럼 할머니는 마녀로 태어나서 마녀가 된 거예요?"

"그렇게 따지면 나도 아직 마녀가 아니지. 마녀로 태어나기는 했지만 아직 마녀는 아니거든."

"그게 무슨 말이에요?"

쿤라는 앞에 있는 의자에 앉았다. 의자가 삐걱거리는 게 마치
무겁다며 불평하는 소리처럼 들렸다. 검은 고양이가 늘어지게 하
품을 하더니 쿤라에게 뭐라고 야옹거렸다.

"입 다물어."

쿤라가 말했다. 이번에는 까마귀가 천장을 빙빙 돌며 시끄럽게
굴기 시작했다.

"확 스튜에 넣어 버린다?"

까마귀가 횃대로 돌아갔다.

그레시아는 쿤라가 고양이와 까마귀를 어떻게 불렀는지를 기억
해냈다. 고양이는 샤샤, 까마귀는 제머였다.

"안녕, 샤샤. 안녕, 제머."

그레시아가 인사하자 샤샤와 제머가 울음을 멈추고 그레시아를
바라보았다. 자기들 이름을 불러 놀라기라도 한 것처럼 말이다.

"잘 들어, 그레시아. 넌 마녀가 아니야. 원한다고 마녀가 될 수
있는 것도 아니지. 그러니 넌 숲에서 살 수 없어. 마을 가까운 곳
에서 살면 사람들이 와서 괴롭힐 테고, 깊은 곳에서는 늑대나 곰
이 나타날 거야."

"엄마는 늑대가 나오는 곳에 날 버렸어요."

"말했잖아. 살아남으면 네가 엄마를 버릴 기회가 올 거라고."

"난 엄마를 버리고 싶지 않아요."

"마을로 돌아가. 난 너처럼 어린아이를 거두지 못해. 어떻게든 엄마 옆에서 버텨. 그게 네가 어른이 될 때까지 살아남을 유일한 방법이야."

"어른이 되면요?"

"살아남을 확률이 더 높아지지."

쿤라가 그레시아를 향해 상체를 굽혔다.

"약속하렴. 무슨 일이 있어도 여기서 뭘 먹었는지, 그게 어떤 효과가 있는지 말하지 않겠다고."

그레시아는 눈을 내리깔았다. 위협이 통하지 않자 쿤라가 설득으로 방법을 바꿨다. 하지만 오빠가 아파도 주면 안 된다니……. 예전에 오빠가 며칠 굶은 속에 급하게 먹을 걸 넣는 바람에 탈이 나서 죽을 뻔한 적이 있다.

"적어도 사람들에게 들키지 않게 조심하겠다고는 해다오."

쿤라가 체념한 투로 말했다.

"약속할게요. 그냥 따뜻한 물을 먹었다고 할게요. 그리고 무슨 일이 있어도 할머니가 가르쳐 줬다고는 안 할 거예요. 사실 할머니가 가르쳐 준 건 아니잖아요? 제가 그냥 그렇게 생각한 거지. 이 약속은 어떤 일이 있어도 지키겠어요."

쿤라는 비웃듯 킬킬댔다.

"약속이라, 말이란 참 편리하지……. 그만 가서 자거라."

그레시아는 방구석에 있는 계단을 따라 올라갔다. 2층이랄 것
도 없이 커다란 선반처럼 만들어 둔 곳에 부드러운 이부자리가 깔
려 있었다.

눈을 뜨니 온 집 안에 달콤한 향이 가득했다. 그레시아는 환호
성을 지르며 내려갔다. 아침햇살처럼 빛나는 버터, 건포도가 들어
간 빵, 큼직한 토끼 고기가 들어간 스튜에 사과파이까지 있었다.

그레시아는 쿤라의 눈치를 보다 갓 구운 빵에 버터를 올렸다.
버터가 사르르 녹으며 빵에 스며들었다. 고기는 연하고 쫀득했다.
국물은 깊고 따뜻했다. 이제 아끼고 아낀 사과파이만 남았다. 그
레시아는 차마 먹지 못하고 망설였다.

"가져가면 안 된다. 먹든가 버리든가."

쿤라가 돌아보지도 않고 말했다. 2년 전에도 같은 말을 했다. 왜
그렇게 말하는지 알고 있었다. 엄마, 아빠, 다른 마을 어른들 모두
절대 숲에 깊이 들어가서는 안 된다고 했다. 숲에는 늑대, 곰뿐만
아니라 마녀가 산다. 마녀는 어린아이들을 잡아먹는다. 마녀를 만
난 사람은 불길한 기운을 묻혀 온다.

2년 전에도 어제도 쿤라가 아니었으면 자기는 죽었을 거다. 그때
나 지금이나 갓 차린 음식이 식탁 위에 있었다. 어젯밤 잔 이부자
리는 자기 키에 딱 맞았다. 쿤라가 자기가 또 버림받은 줄 알고 불
빛을 보내 자기를 데려온 게 분명했다. 잘 기억은 나지 않지만 처

음에도 반딧불이 같은 파리한 불빛을 본 것 같았다. 불빛이 자기를 이 집으로 인도했던 것이다. 쿤라는 자기를 살려 주었다. 왜 다들 쿤라를 마녀라 부르면서 무서워하는지 모를 일이었다.

그레시아는 사과파이에 코를 대고 냄새를 맡았다. 새콤한 사과와 달콤한 캐러멜 향이 났다. 절로 행복해지는 냄새였다. 오빠에게도 먹이고 싶었다.

"오빠에게 절대 아무한테도 말하지 말라고 할게요."

"너도 못 믿는데 네 오빠를 믿으라고?"

몰래 숨겨서 가져갈까 하는 마음이 솟았다. 그레시아는 힘겹게 그 마음을 눌렀다. 마을 사람들은 가뭄이 들거나 소나 돼지가 기형으로 태어나면 모두 마녀 탓이라 했다. 아이가 죽거나 없어져도 마찬가지였다. 노인들은 젊은 시절 쟁기나 낫 따위를 들고 마녀를 죽이러 숲에 갔던 일을 무용담처럼 자랑했다. 그레시아가 집 주변에 가시나무를 키우는 건 자기를 보호하기 위해서였다.

오빠는 비밀을 지키겠지만 혹시라도 누군가 눈치채면……. 메뚜기 떼로 인해 제대로 수확한 게 없는데도 영주는 세를 걷는다며 집집마다 샅샅이 뒤져 숨겨 놓은 곡식을 가져갔다. 다들 먹을 게 없었다. 조금이라도 먹을 걸 구한 사람은 이웃집 몰래 먹었다. 사람들은 누가 뭘 먹는지 알아내려고 눈에 불을 켜고 살폈다. 이전에 곡식을 꿔갔다 갚지 않은 사람이 무언가를 먹는 모습을 보이면 피를 볼 때까지 싸웠다. 만에 하나 들켜 누가 자기에게 이런 귀한 음식을 어디서 얻었는지 물으면 뭐라고 답한단 말인가? 자기가 대답하지 않아도 사람들은 쿤라를 의심할 것이다. 달리 누가 있겠는가?

사람들은 아무리 가물어도, 장마로 농사를 망쳐도, 한겨울에도 마녀의 집은 언제나 먹을거리가 넘친다고 말했다. 적어도 그건 사실이었다. 가시나무가 아무리 튼튼해도 화가 난 어른들이 작정하고 달려들면 어쩔 수 없을 것이다. 그러니 여기서 다 먹고 가야 했다.

그레시아는 사과파이를 들고 씹었다. 달콤한 맛이 온몸으로 퍼졌다. 평생 이렇게 맛있는 음식을 먹어 본 적 없었다. 오빠는 영영 못 먹어 볼지도 몰랐다. 그 생각을 하자 목이 메어 삼키기가 힘들어졌다.

샤샤가 혀를 차듯 야옹거렸다. 제머가 날아와 그레시아를 위로하듯 부리로 쓰다듬었다.

"고마워."

그레시아는 뒤뜰에 있는 우물에서 그릇을 깨끗하게 씻었다.

"고마웠어요, 쿤라."

쿤라는 돌아보지 않았다.

그레시아는 집을 나왔다. 분명 해가 떴을 시간인데 집 주위는 어두컴컴했다. 샤샤가 발치에서 작게 울었다. 그레시아는 샤샤를 따라 야윈 숲을 걸었다. 샤샤는 이따금 풀을 가지고 놀거나 뭔가에 정신이 팔려 혼자 뛰어가 사라지기도 했지만 다시 돌아와 그레시아를 안내해 주었다. 쿤라의 집에서 멀어질수록 사위가 환해졌다. 한참을 가던 샤샤가 멈춰 섰다.

"여기서부터는 혼자서 가란 말이지?"

샤샤가 앞발을 들어 핥았다.

"고마워, 샤샤."

그레시아가 머리를 쓰다듬으려 하니 샤샤가 목을 움츠려 피했다. 그래도 몸으로 그레시아의 다리를 한번 슥 훑더니 달려 사라졌다.


계속 가다 보니 익숙한 길이, 한낮인데도 음울한 마을이 나타났다. 수확이 좋으면 겨울이라고 해도 이렇게 음침하지 않았다. 먹을 거리가 떨어지면 골목을 따라 부는 바람도 사나워졌다.

그레시아는 집 울타리를 밀었다. 좁은 마당을 지나면 바로 집이다. 그레시아는 심호흡을 하고 문을 열었다. 엄마가 설마 하는 얼굴로 달려와 그레시아를 끌어안았다. 아빠도 울먹였다. 엄마가 처마에 단 종을 쳐, 동생을 찾아 숲으로 간 제르젠을 불렀다.

그날 저녁은 맹물에 가까운 수프였지만 엄마가 그레시아에게 한 국자 더 떠 주었다. 그레시아는 자기는 배가 많이 고프지 않으니 오빠에게 주라고 말했다. 그레시아는 입이 짧아. 엄마가 말하며 오빠에게 덜어 주었다. 그레시아는 한 번도 음식을 양껏 먹어 보지 못했다. 여유가 있을 때조차 좋은 건 언제나 오빠 차지였다.

"걱정했어. 혼자 숲에 가지 말라고 몇 번을 말해야 하니?"

오빠가 수프를 먹으며 나무랐다. 그레시아는 고개를 숙였다. 식탁에서 오빠만 모르는 연극이 진행되고 있었다.

2년 전에는 익숙한 길이 나타나자마자 달렸다. 집에 뛰어 들어가 엄마를 찾았다. 당연히 자기를 보고 달려와 안아줄 줄 알았다. 엄마는 얼어붙은 채 아무 말도 하지 않았다.

저녁에 아빠와 오빠가 돌아왔다. 아빠도 자기를 보고 엄마만큼 놀란 표정을 짓더니 잘 돌아왔다며 어색하게 안아 주었다. 오빠만 자기를 찾아 숲을 헤맸다고 진심으로 걱정하고 나무랐다.

그날도 엄마는 그레시아에게 묽은 수프를 한 국자 더 떠 주었다. 배가 고프지 않다며 사양했는데도 더 먹으라고 했다. 두 번째 돌아왔을 때에는 평소처럼 입이 짧다 운운하며 오빠에게 줬다. 아이를 버리는 것도 반복하다 보면 죄책감이 옅어지는 걸까?

두 번째로 집에 돌아오고 며칠 뒤 쿤라를 찾아 숲으로 갔다. 그날 쿤라의 집을 나서며 분명 주변을 잘 봐 두었는데 가는 길이 보이지 않았다. 결국 허탕을 치고 집으로 돌아왔다. 다음 날 또 나갔다. 이번에는 안개가 자욱하게 껴 길을 잃었다. 점점 깊은 곳으로 가는 듯해 더럭 겁이 났다. 해도 지려고 했다. 그때 커다란 파리 한 마리가 날아와 주변을 맴돌았다. 그레시아는 파리를 따라갔다. 어두워지자 파리의 몸에서 예의 파르스름한 빛이 나기 시작했다.

"난 바보였어. 파리 소리가 나면 파린데……."

그레시아가 중얼거렸다. 빛이 나서 반딧불이인 줄 알았었다. 파리는 그레시아를 숲 가장자리까지 데려다 주었다.

그레시아는 포기하지 않았다. 눈이 내리는데도 얇은 카디건을 두른 채 나가 숲을 헤맸다. 손이 꽁꽁 얼었다. 이러다 동상에 걸릴 것 같았다. 그레시아는 더 걷지 못하고 그만 주저앉았다. 춥고 졸렸다. 그레시아는 잠이 들었다. 깨어나니 익숙한 2층 방이었다. 쿤라가 자기를 데려온 것이다. 그레시아가 기뻐 일어나려는데 샤사가 조용히 하라는 듯 앞발로 그레시아를 눌렀다. 그레시아는 소리가 나지 않게 조심하며 난간 사이로 아래를 내려다보았다.

토끼털 코트를 입고 값비싼 가죽 장화를 신은 나이든 남자가 와 있었다. 쿤라가 그에게 작은 유리병을 건넸다.

"양이 너무 적어."

"그 이상 쓰면 죽어. 주인을 치료하고 싶은 거야, 독살하고 싶은 거야?"

"뭐가 어쩌고 어째? 마녀 따위가……!"

남자가 허리춤에서 단도를 뽑았다. 쿤라는 물러서며 허공에 무언가를 뿌렸다. 허공에 악마의 형상을 띤 불꽃이 일었다. 남자는 식겁해 돈주머니를 집어던지고 도망쳤다. 불꽃이 사라졌다.

그레시아는 밑으로 내려갔다.

"어떻게 한 거예요?"

그레시아가 물었다.

쿤라는 대답 대신 작은 냄비에서 스튜를 떠 그릇에 담았다. 그러더니 오늘은 바빴다는 둥 손님이 밀렸다는 둥 하며 구시렁거렸다. 그레시아는 따뜻한 스튜를 본 것만으로도 행복했다. 집에서 먹을 수 있는 건 병들어 빨개진 밀로 만든 딱딱한 빵뿐이었다. 그나마도 하루에 한 번 겨우 먹었다. 오빠는 그레시아보다 조금 더 먹었는데, 엄마가 그레시아는 빨간 빵을 싫어한다며 오빠에게 더 주었기 때문이었다.

쿤라는 샤샤와 제머에게도 밥을 주고 자기도 그릇에 스튜를 담아 왔다.

"마녀랑 얽혀서 좋을 것 없어. 이제 오지 마."

"사람이랑 얽히면 뭐 좋나요?"

그레시아의 말에 샤샤가 마치 웃는 것처럼 가르릉거렸다. 그레시아는 바닥에 떨어진 돈주머니를 주워 식탁 위에 놓았다. 설거지도 하고 집 청소도 했다. 그 뒤부터 숲에 가면 어디선가 샤샤가 나타나 길을 안내해 주었다.

쿤라는 커다란 냄비에서 도망치려는 개미들을 숟가락으로 긁었다. 개미는 뜨거운 냄비 위에서 곧 죽처럼 바뀌었다. 쿤라는 거기에 재스민 오일과 꿀, 그 밖에도 그레시아가 뭔지 모를 가루를 섞고 주문을 외웠다. 그건 주로 나이든 사람들이 관절약으로 사 갔다. 영주의 심부름꾼 말고도 마을 사람들도 쿤라를 찾아왔다. 영주에게는 전속 의사가 있었지만 마을 사람들에게는 아무도 없었다. 사람들은 아플 때 먹는 약, 아이를 임신하게 해주는 약, 아이를 지우는 약, 아들을 낳는 약을 사러 왔다.

왜 아들일까?

가물거나 장마가 져 수확량이 좋지 않은 가을이 지나 겨울이 오면 마을 아이들 중 한둘이 숲에서 길을 잃고 돌아오지 않았다. 어른들은 마녀가 맛있는 음식으로 아이를 유혹해서 잡아먹었다고, 절대 숲에 깊이 들어가지 말라고 신신당부했다. 그런데 왜 사라지는 아이들은 대부분 여자아이들일까? 자신뿐만 아니라 오빠나 남동생이 있는 여자아이들은 늘 입이 짧다는 소리를 들었다.

그레시아는 눈치껏 쿤라가 하는 일을 거들었다. 나무의 인피로 섬유를 만들고, 양귀비 뿌리를 모으고, 집 근처에 동물의 간을 놔두었다. 인피 섬유는 점토와 함께 약병을 밀봉하는 데 썼다. 동물의 간은 말벌이 좋아했다.

쿤라가 만드는 건 대부분 진통제, 해열제, 각종 질병에 쓰이는 약이었다. 그레시아는 빠르게 약초의 이름, 서식지를 익혔다. 새귀풀은 열을 내리는 데 좋았지만 구하기가 힘들었다. 왜 새귀풀을 달여 먹으면 열이 내릴까? 새귀풀에 열을 내리는 힘이 있는 걸까? 만약에 새귀풀에서 그 힘만 뽑아내 저장해 둘 수 있다면 언제든 필요할 때마다 꺼내 쓸 수 있을 텐데…….

풍년이 들면 그레시아도 배곯지 않고 먹을 수 있었다. 엄마도 그레시아에게 입이 짧다고 말하지 않았다. 가물어 작물이 타거나 장마로 인해 작물이 녹아 버리면 쿤라도 그레시아에게 음식을 많이 주지 않았다.

"다들 야위는데 너만 살이 오르면 괜한 의심을 받을 거야."

쿤라가 무뚝뚝하게 말했다.

그레시아가 엄마에게 세 번째 버림받았던 겨울이 지나 초봄에 던첼이 찾아왔다. 그레시아는 숨도 쉬지 못하고 2층에 숨어 있었다. 던첼은 입버릇처럼 마녀들은 다 산 채로 불태워야 한다고 말하는 사람이었다. 마을 사람들이 안 그러는 척하며 쿤라를 찾아와 필요한 물건을 사는 줄 알고 있었지만 던첼도 그럴 줄은 몰랐다.

"마누라가 임신을 했어. 올 가을에 제대로 추수를 못하면 애고 마누라고 둘 다 죽을 거야."

던첼이 아무리 우는 소리를 늘어놓아도 쿤라는 절대 값을 깎아 주지 않았다. 쿤라에게 무언가를 받으려면 반드시 대가를 치러야 했다. 돈이 없는 사람들은 뭐라도 중요한 물건을 내놓았다. 아이의 처음 자른 머리카락이나 손톱, 발톱 같은 것 말이다. 쿤라는 그것들도 재료로 썼다. 던첼도 알고 있었다. 그래서 이번에는 손톱을 가져왔다. 쿤라는 받지 않았다.

"한 달간 기른 거야."

"네 손톱은 쓸모가 없어."

"독한 할망구 같으니. 그러니까 마녀가 됐지!"

던첼은 욕설을 퍼부었다. 묵묵히 듣던 쿤라가 손을 들었다. 던첼은 화급히 입을 다물고 품에서 작은 주머니를 꺼내 던졌다. 쿤라는 던첼에게 자루를 건넸다. 던첼은 낑낑거리며 자루를 메고 사라졌다.

던첼이 준 주머니에 들어 있는 건 그가 결혼하며 부인에게 선물했던 마노 목걸이였다. 던첼의 할머니 때부터 내려온 목걸이로 부인이 애지중지하며 귀한 날에만 걸었다.

"마법에는 대가가 따르지. 의미 있는 물건이 아니면 소용없어."

쿤라가 말했다.

"던첼 아저씨가 사 간 건 뭐였어요?"

쿤라는 대답하지 않았다. 그래서 그레시아는 마을로 돌아가 던첼을 지켜보았다. 마녀에게 사 온 물건이니 분명 몰래 쓰리라 생각했다. 그레시아의 짐작이 맞았다. 던첼은 모두 잠든 새벽에 살그머니 집을 나와 자루에 든 걸 자기 논에 뿌렸다.

그레시아는 왜 던첼의 농작물이 다른 사람의 것보다 잘 자라는지 깨달았다. 던첼은 쿤라에게 비료를 샀다! 던첼은 아이가 다섯인데 한 번도 버린 적 없었다. 엄마도 농사가 잘된 해에는 자기에게 잘해 주었다. 아이들도 먹을 게 풍족할 때는 아무도 숲에서 길을 잃지 않았다.

그레시아도 비료를 사고 싶었다. 하지만 자기는 쿤라에게 줄 게 아무것도 없었다.

한 달 뒤 던첼이 와 비료를 더 주지 않으면 쿤라의 집에 불을 놓겠다고 위협했다. 쿤라가 킬킬대고 웃었다. 제머가 횃대에서 날아올라 던첼의 머리 위를 한 바퀴 돌았다. 던첼이 비를 맞기라도 한 듯 머리를 털었다.

"쓸데없는 짓……!"

던첼이 갑자기 몸에 불이라도 붙은 듯 비명을 지르기 시작했다.

"제발, 아니야, 안 돼! 살려 줘!"

"겁도 없이 마녀를 협박하다니……. 네가 죽을 때까지 너희 집에서는 다리가 셋 달린 돼지가 태어날 거다!"

그레시아의 목소리가 마치 동굴에서 들리는 것처럼 깊고 무시무시해졌다. 던첼은 혼비백산해 도망쳤다. 그레시아는 숨어 있던 2층에서 나와서 던첼이 이리 뛰고 저리 뛰며 엉망으로 만든 집을 정리했다.

"비료를 더 주면 안 돼요? 던첼 아저씨네는 애들이 많아요."

"대가 없이 마법을 쓰면 땅이 어지러워져."

"정말로 던첼 아저씨 집에서는 이제 다리가 셋 달린 돼지가 태어나요?"

"셋이면 어때서?"

"에……."

듣고 보니 다리가 세 개라고 무슨 문제랴 싶었다. 걷기 힘들겠지만 어떻게든 익숙해질 것이다. 마을에서는 가끔 꼬리가 없는 강아지가 태어났다. 들고양이들 중에는 꼬리가 휜 놈들도 있었다. 고양이나 개들은 그런 데 개의치 않으며 서로 어울렸다. 그걸 불길하다고 싫어하는 건 사람들뿐이다.

"비료는 어떻게 만들어요?"

"넌 못 만들어. 난 못 가르치고."

하지만 그레시아는 이제 많은 걸 알았다. 버드나무 껍질에는 진통 효과가 있었다. 개미를 끓여서 만든 죽은 관절염에 좋았다. 그러니 비료를 만드는 법도 알아낼 수 있을 것이다.

그레시아는 콩에서부터 시작했다. 콩을 심고 난 뒤 작물을 심으면 작물이 잘 자랐다. 그래서 사람들은 종종 땅에 콩을 심었지만 그걸로는 부족했다. 콩에서 작물이 잘 자라는 데 필요한 성분을 찾아내야 했다.

그레시아는 마녀의 집 뒤뜰에 자기만의 밭과 실험실을 만들었다. 밭에서 완두콩, 애기콩, 줄무늬콩, 검정콩 등을 보리, 밀 따위와 함께 심으며 무엇이 잘 자라는지를 살펴보았다. 실험실에서는 콩을 쪼개고 끓이고 갈아서 땅에 뿌렸다. 작물이 자랄 시간이 필요한 만큼 오래 걸리는 일이었다. 그레시아는 기다리는 동안 다른 실험들을 하며 쿤라가 어떻게 사람들을 겁주는지 알아냈다. 석송 가루에 불을 붙이면 강렬한 불꽃이 일었다. 그레시아는 양과 방향을 달리해 가며 석송 가루를 날리고 불을 붙였지만 쿤라처럼 머리에 뿔이 달리고 엉덩이에 꼬리가 달린 형상으로 불타오르지는 않았다. 그레시아는 포기하지 않았다. 그레시아의 실험실에서는 언제나 크고 작은 솥과 냄비가 끓었다.

그레시아는 쿤라의 집으로 가며 오늘은 반드시 악마 형상의 불꽃을 만드는 데 성공하리라 다짐했다. 쿤라의 집 앞에 제머가 앉아 있었다. 안에 손님이 있다는 뜻이었다. 그레시아는 집을 빙 돌아 뒤뜰 자기 실험실로 갔다. 실험실에서 석송 가루에 전과 다른 꽃가루를 섞고 가능한 한 넓게 퍼지도록 던진 뒤 불을 붙였다. 엄청난 폭발음과 함께 실험실 지붕에 불이 붙었다. 제머가 날아와 정신 사납게 울어 댔다. 쿤라가 뒤뚱거리며 달려와서 무언가를 뿌리고 주문을 외웠다. 그러자 구름이 나타나더니 비가 내렸다. 그레시아는 불에 타고 물에 불은 실험실을 망연자실 바라보았다.

"이제 됐어."

쿤라가 말했지만 구름은 요지부동이었다.

"가라니까?"

쿤라가 신경질적으로 말했다. 구름은 실컷 비를 뿌리길 기대했다가 허탈하게 끝난 게 아쉬운지 방귀처럼 작은 번개를 하나 내리치고는 흩어졌다. 샤샤가 와서 쿤라를 보며 뭐라고 야옹거렸다.

"시끄러!"

그레시아는 혼란에 차 샤샤와 쿤라, 소란스럽게 빙빙 돌며 까악거리는 제머를 바라보았다. 머릿속에 있던 안개 하나가 걷히는 듯했다.

"쿤라는 샤샤, 제머와 말이 통하는 거죠? 막연히 느낌으로 아는 게 아니라, 제머와 샤샤의 말을 정확히 이해하는 거예요. 맞죠? 파리, 파리도요!"

이제 그레시아는 오줌에서 인을 추출할 줄 알았다. 인을 파리에게 묻히면 음산한 푸른색으로 빛났다. 하지만 파리들은 절대 그레시아의 뜻대로 움직이지 않았다. 쿤라의 파리들은 그녀의 지시에 따라 날았다.

"이제 소리 지르며 도망칠 차례야."

쿤라가 심술궂은 목소리로 말했다.

"전 못하는 거였어요."

그간 헛된 노력을 해온 것이다. 그레시아의 몸에서 힘이 쭉 빠졌다.

"맞아, 넌 못해. 그건 그림자의 영역이거든."

처음 듣는 목소리가 들렸다. 그레시아가 고개를 돌리니 후드를 눌러 써 얼굴을 가린 뚱뚱한 여자가 지팡이를 짚고 서 있었다. 여자의 몸짓에는 병색이 완연했다.

"어떻게 해야 그림자의 영역에 들어갈 수 있죠?"

그레시아가 물었다.

"왜 굳이 들어가려 하지?"

여자가 되물었다.

"사람들을 돕고 싶어요!"

"왜 사람들을 도우려고 해?"

여자가 높낮이 없는 목소리로 물었다. 그레시아는 당황했다. 누군가를 돕고 사는 건 당연하고 좋은 일이었다.

"풍족하다면 아무도 아이들을 버리지 않을 거예요."

"풍족해도 아이를 버리는 사람들이 있어."

"풍족한데 왜 아이를 버려요?"

그레시아가 이해하지 못하고 물었다. 여자는 대답하지 않았다.

"적어도 먹을 게 부족해서 어쩔 수 없이 버리는 건 아니잖아요! 아픈 사람이 있으면 치료해 주고 싶어요. 작물이 잘 자라서 굶어 죽는 사람들이 없길 바라요."

"넌 마녀가 아니야. 그림자의 영역은 마녀만 들어올 수 있지."

"그럼 전 영영 할 수 없나요?"

"보통 사람이 그림자의 힘을 다루려면 큰 대가를 치러야 해."

"괜찮아요! 어떤 대가든 치를게요!"

다시 버림받고 싶지 않았다. 누구도 버림받지 않기를 바랐다.

여자는 병자 특유의 위태로운 걸음으로 그레시아에게 다가와 후드를 벗었다. 목소리를 듣고 쿤라만큼 늙은 줄 알았는데 젊은 여자였다. 얼굴은 넙데데하고 눈두덩은 축 늘어졌으며 피부에 생기라고는 보이지 않았다. 여자가 그레시아를 응시했다. 여자의 검은 눈동자가 점점 커지더니 흰자위를 모두 잡아먹어, 별도 뜨지 않은 그믐처럼 어둠으로 뒤덮였다. 그레시아는 여자가 몸을 마비

시키는 주문이라도 건 양 꼼짝도 못하고 서 있었다. 주변이 공기로 가득 차 있는데도 숨을 쉬지 못해 질식할 것 같았다.

"키미아……."

여자의 눈동자가 원래대로 돌아왔다. 그제야 그레시아도 다시 숨을 쉴 수 있었다.

"키미아가 뭐예요?"

그레시아가 숨을 몰아쉬며 물었다.

"키미아는 그림자의 힘을 지식으로 구현하는 걸 뜻해. 키미아의 길을 걷는 이들을 키미안이라 하지."

"키미아로 비료나 약재를 만들 수 있어요?"

"아마도……."

"제게 키미아를 가르쳐 줄 수 있나요?"

"내가 가르쳐 줄 수 있는 건 글뿐이야. 글을 익히면 앞서 간 키미안들이 남긴 책을 통해 배울 수 있을 거야."

"배울게요!"

여자의 이름은 그리마였다. 그리마는 그레시아에게 글과 각종 물질을 뜻하는 기호를 가르치고 키미아를 배울 수 있는 책도 구해 주었다. 심부름꾼은 제머였다. 제머는 갈 때는 가볍게 날아갔다가 올 때는 발에 무거운 책을 움켜쥔 탓에, 흡사 낚싯줄에 걸린 물고기가 낚시꾼과 씨름하느라 수면을 오가듯 위태롭게 허공을 오르락내리락했다.

"쿤라는 글을 몰라요?"

그레시아가 물었다.

"마녀가 글을 왜 배워?"

쿤라가 퉁명스레 말했다.

"그리마도 마녀인데 글을 알잖아요."

"나도 굳이 글, 수학, 자연철학을 배울 필요가 있을까 싶었어. 그런데 이렇게 널 만났네. 모든 건 다 이유가 있는 거지."

그리마가 대답했다.

"배울 필요가 없는데 왜 배웠어요?"

그리마는 말이 없었다. 그레시아는 한숨을 쉬었다. 마녀들은 제대로 대답하는 법이 없다.

"약이나 먹어."

쿤라가 그리마에게 약을 가져다주었다. 쿤라는 툴툴대면서도 그리마를 살갑게 보살폈다. 처음에는 그림자의 영역에 속한 이들로서 자매애 같은 거라고 생각했다. 가만 보니 그리마가 훨씬 어린데도 쿤라는 때로 그녀를 어른 대하듯 했다.

그레시아는 불가에 앉아 책장을 넘겼다. 키미아의 언어는 어려웠다. 어리석은 자가 힘을 가질 경우 세상이 어지러워지기에 일부러 난해하게 적어 둔 것이다. 진정으로 자기 자신을 바로 세우고 옳은 일을 하려는 자만이 키미아를 익혀 키미안이 될 수 있었다.

키미안들은 불, 물, 흙, 공기가 세상을 이루는 기본 원소라고 말했다. 물은 증발해 공기가 되고, 공기는 불을 일으키고, 불이 태운 건 다시 흙이 된다. 네 원소가 서로 조화를 이루면 세상과 사람 모두 평화롭고, 그중 하나라도 불화를 일으키면 크게는 세상이 흔들리고 작게는 사람의 건강이 나빠진다. 키미안들은 모든 원소의 근본을 이루는 단 하나의 근본 물질을 찾고자 노력했다. 근본 물질을 찾아 올바르게 사용한다면 세상이 조화로워지고 혼탁한 물질을 완전한 물질로 바꿀 수 있었다. 완전한 물질이란 바로 금이었다.

"키미아로 금도 만들 수 있어요?"

그레시아가 자기가 제대로 이해했는지 확인하고자 물었다.

"너도 교수대에 매달리고 싶니?"

쿤라가 킬킬 웃었다. 몇 년 전 철로 금을 만들 수 있다며 영주에게 돈을 받아낸 자가 사기꾼으로 밝혀져 교수형을 받았다. 분노한 영주는 본보기로 시체가 썩어 문드러질 때까지 걸어 놓았다.

"금은 그 자체로 순수한 물질이야."

그리마가 말했다. 안 된다는 소리 같았다. 그레시아는 조금 낙심했다. 금만 있다면 좋은 쟁기와 약, 건강한 씨앗을 쉽게 구할 수 있는데…….

"각 물질의 성질을 이해하려면, 섞여 있는 물질에서 개별 물질을 분리할 수 있어야 해."

그리마가 말했다. 그녀는 증류, 용해, 결정화하는 법을 알려 주었고, 증류기, 가마, 각종 플라스크와 여과기를 만드는 데도 도움을 주었다.

그레시아는 조금씩 키미아의 세계를 익혀 갔다. 키미안들은 그림자의 세계에 존재하는 힘을 실제 세계로 가져오고자 했다. 그 매개체가 바로 근본 물질이었다. 단순히 금을 만들고자 근본 물질을 연구하는 게 아니었다.

그레시아는 키미아와 그림자의 세계가 주는 힘의 차이를 조금씩 이해했다. 숯이 타 재가 되면 양이 현저하게 줄어들었다. 그건 불에 타는 과정에서 숯을 숯이게 만드는 힘 혹은 물질이 빠져나갔기 때문이다. 그 원리가 무엇인지를 밝히고 그 힘을 어떻게 유용하게 쓸 수 있는지를 알아내는 건 키미아의 영역이다. 숯이 타 재가 되었을 때 특정한 도형과 그림이 만들어져 앞날을 점치게 하는 건 그림자의 영역이다.

그레시아는 간절히 마녀가 되고 싶었다. 그럼 이렇게 헤매며 배울 필요가 없을 텐데. 쿤라와 그리마는 날 때부터 그림자의 힘을 지니고 있었다. 그리마와 쿤라에게 몇 번이나 자기는 왜 마녀가 될 수 없는지 물었지만 둘 다 마녀는 되는 게 아니라는 말만 반복했다.

"마녀가 되고 싶어 하는 건 가장 어리석은 짓이야."

쿤라가 말했다.

"하지만 세상에는 마녀가 존재해요. 존재하는 건 이유가 있기 때문이에요."

"사람들에겐 미워할 대상이 필요해. 잘못된 일에 대해 책임을 물을 대상을 원하지. 곧 죽어도 자기 탓은 아니니까. 우린 그림자에서 태어나 그림자로 살아가. 우릴 부러워하지 마."

그리마가 말했다.

그레시아는 그림자의 힘은 포기하기로 했다. 어떻게 해도 자기는 제머와 샤샤의 말을 막연한 몸짓언어 이상으로 알아들을 수 없었다. 대신 점점 키미아의 세계에 빠져들었다. 키미아로 할 수 있는 일은 무궁무진했다. 대도시에서는 자줏빛 염료가 비싼 값에 팔린다고 했다. 그 염료를 만드는 데 쓰이는 틴나방 애벌레가 귀하기 때문이다. 다른 물질로 비슷한 색상을 만들어 낸다면 큰돈을 벌 수 있고, 그 돈으로 마을을 부유하게 만들 수 있을 것이다. 비료를 만들려면 초석이 필요했다. 초석은 똥거름에서 만들어지는데 필요한 비료의 양보다 똥거름이 적었다. 숙성시키는 데도 긴 시간이 필요했다. 재료와 과정을 단축시켜 비료를 만들 수만 있다면 영주에게 세를 내고도 마을 사람들이 먹고사는 데 아무 지장이 없을 것이다.

키미안들은 흙, 불, 물, 공기가 순환한다고 했다. 그럼 공기에서 거름을 만들 수 있지 않을까? 공기에서 거름을 만들어 낸다면 세상에 굶주릴 사람은 없으리라. 쿤라는 그레시아의 말을 비웃었다. 공기에서 거름을 만들 수 있다는 것 말고, 세상에 굶주릴 사람이 없게 되리라는 말을 말이다.

어느 날 그레시아는 호수가 전보다 맑아졌다는 느낌을 받았다. 두꺼비도 마리 수가 줄어든 대신 전보다 크고 육중해졌다.

"호수가 맑아졌는데요?"

그레시아가 말했다.

"호수는 마녀가 지니는 힘의 원천이지. 물은 만물의 근원이니까. 그래서 마녀는 누구나 호수를 가꿔."

쿤라가 대답했다.

"호수가 맑아질수록 힘이 강해지나요?"

"그래."

쿤라는 드물게 뿌듯한 얼굴로 호수를 바라보았다.

"처음에는 그냥 진흙이었어. 호수의 형태를 갖추기까지도 오래 걸렸지."

"얼마나 오래요?"

쿤라는 조용히 호수만 바라보았다.

그리마는 차츰 건강을 회복했고 여름이 시작할 무렵 쿤라의 집을 떠났다.

"어디로 가요?"

"모든 마녀는 언젠가 한 번은 자기 터전을 떠나야 해."

"그리마의 터전은 어디였어요?"

그리마는 침묵했다. 그레시아는 다른 질문을 찾았다. 그레시아에게는 아무리 벽에 막혀도 답을 찾을 때까지는 멈추지 않는 호기심이 있었다.

"키미안은요? 키미안도 언젠가 한 번은 자기 터전을 떠나야 하나요?"

그리마는 물끄러미 그레시아를 보았다. 눈이 검어지지 않았다.

"난 이미 너에 대해 말해 줬단다."

"다른 건 더 말해 줄 수 없나요? 혹시 제가 대가를 치르지 않아서요?"

그리마는 대답 대신 품에서 작은 주머니를 꺼내 건넸다.

"아, 그렇군요. 이제 알 것 같아요."

그레시아가 말했다. 그레시아는 수많은 실험을 하고 실패를 반복했다. 왜 안 되는지 원인을 찾으며 아무리 생각해 봐도 답이 나오지 않았다. 그러다 어느 순간 예고 없이 치는 벼락처럼 깨달음이 찾아왔다. 깨달음이 언제 올지는 알 수 없지만 답을 찾기 위해 갈구하고 노력한 시간 없이는 절대 오지 않았다.

지금 바로 그 깨달음의 순간이 왔다. 그레시아는 왜 마녀들이 대답하지 않는지 깨달았다. 마녀는 답을 알려 주는 대신 그레시아가 스스로 답을 찾을 때를 기다렸다. 또 볼 수 있는지 묻고 싶어졌지만, 그 역시 다시 만나거나 다시 만나지 못함으로써 답을 알게 될 일이니 묻지 않았다.

"지금 말고 나중에 꼭 필요한 순간에 열어 보렴. 반드시 너 혼자 있을 때 열어 봐야 해. 이 주머니는 쿤라에게도 보여 주지 마."

쿤라는 그리마가 주머니를 건네는 모습에 옷자락으로 얼굴을 가리며 뒤로 물러섰다. 샤샤는 털을 부풀렸고 제머는 겁에 질려 날아오르는 바람에 깃털이 빠졌다.

그리마는 쿤라와 그레시아에게 딱히 인사랄 것 없이 집을 나섰다. 쿤라가 그리마를 마중하듯 따라갔다.

"저 아이만이 아니라 많은 이들이 키미아의 영역을 깨우치게 되면……."

"언젠가 일어날 일이야. 영원한 건 없어. 마녀일지라도 예외는 아니지."

둘이 나누는 대화 소리가 점점 멀어져 갔다.

그레시아는 아직 자기가 뭘 할 수 있고 뭘 할 수 없는지, 다른 말로 어디까지가 키미아의 영역이고 어디까지가 그림자의 영역인지 완전히 파악하지 못했다. 하지만 그리마는 떠났고 이제 혼자서 키미아의 영역을 깨우쳐 나가야 했다.

그레시아는 그리마에게 배운 대로 비커와 플라스크를 필요한 모양과 수량만큼 만들었다. 키미아의 책에 있는 대로 해도 실험은 어느 날은 잘되었고 어느 날은 실패했다. 달걀을 삶은 뒤 찬물에 담그면 껍질이 잘 까져야 하는데 어떨 때는 매끄럽게 까지고 어떨 때는 흰자가 껍질에 달라붙는 것과 비슷했다. 그래서 많은 키미안들이 별, 달, 해의 운행과 날씨 등을 감안해 실험에 성공할 수 있는 날을 찾았다.

그레시아가 다른 무엇보다 간절히 만들고 싶은 건 비료였다. 그레시아는 분뇨를 따로 모아 각종 콩 추출물을 더한 거름을 밤에 몰래 논과 밭에 뿌렸다. 어떤 게 효과가 좋은지 알기 위해 각기 다른 곳에 다른 비료를 뿌리며 모든 걸 기록했다. 마침내 성과가 보인다 싶었을 때 일이 터졌다.

그레시아가 사는 마을을 다스리는 영주는 왕의 다섯 째 아들이었다. 그는 왕이 아들인 자기를 홀대하고 영주들의 영지에 강압적으로 세금을 물린다는 명분으로 전쟁을 일으켰다. 그것도 여름, 밀과 보리가 막 자랄 무렵에 말이다. 보통 전쟁은 농번기를 피하기 마련인데, 영주는 미리 군량을 모아 뒀다가 기습한 것이다.

그레시아는 자기가 힘들게 만든 거름을 주며 가꿔 왔던 땅이 군마와 병사들에게 짓밟힌 걸 보았다. 겨울에 굶어 죽을 사람들이 생길 것이다. 아이들 몇이 숲에서 길을 잃으리라.

쿤라가 그레시아에게 페퍼민트 차를 따라 주었다. 그레시아는 힘없이 차를 마셨다.

"수확을 못하면 영주도 세금을 못 걷는데 왜……."

"전쟁에서 이기면 왕이 직접 다스리던 영지를 얻을 수 있지. 거기서 벌충할 생각일 게다."

"우린 죽든 말든 상관없나요?"

쿤라는 묵묵히 차를 마셨다.

"그래서, 이 전쟁을 하려고 지난 몇 년 간 혹독하게 세금을 걷은 거군요!"

그레시아가 뾰족한 소리로 외쳤다. 아무것도 모르고 세금이라는 이름으로 곡식을 빼앗겼다. 엄마 아빠에게 몇 번이나 버림받았다. 쿤라가 아니었다면 자기는 이미 죽었을 것이다. 자기 목숨이 달린 일인데 사건이 터진 후에야 인과관계를 유추할 수 있었다. 그럼 뭐 하는가. 할 수 있는 게 없었다.

"왕이 자기를 뭐 얼마나 홀대했다고 전쟁까지 일으켜요?"

— 풍족해도 아이를 버리는 사람들이 있어.

그리마가 했던 말이 떠올랐다. 왕이 자기 다섯 째 아들을 버린 걸까? 설사 왕이 버렸다 해도 다섯 째 아들은 영주다. 왕의 도움이 없어도 살아갈 수 있지 않은가.

그레시아는 아무것도 하지 못한 채 겨울을 맞이했다. 태어난 지 얼마 되지 않은 던첼의 막내딸이 제일 먼저 죽었다. 던첼과 그의 가족들이 오열하며 아이를 묻었다. 이어 어린아이들, 병약했던 노인들이 하나둘 죽기 시작했다. 엄마가 오빠와 자기를 버렸다. 아빠는 묵인했다. 전에는 마치 버리려는 게 아닌 듯 기다리라고 하더니 이번에는 대놓고 돌아오지 말라고 말했다.

그레시아는 손바닥으로 양 팔뚝을 비벼 열을 냈다. 엄마 아빠가 지난번에 오빠도 함께 버린 이후 오빠를 데려오게 해달라고 쿤라에게 몇 번이나 부탁했지만 매번 절대 안 된다는 답을 들었다. 남자아이는 마녀의 집에 와서는 안 된다는 것이었다. 쿤라가 하는 말에는 늘 이유가 있었다. 그 말을 들은 그 순간에는 알아채지 못할지라도 말이다. 그레시아는 자기가 잠시나마 오빠를 두고 몰래 가 버릴까 생각했다는 걸 깨닫고 스스로가 섬뜩해졌다. 버림받아 본 사람은 버릴 줄도 알게 되는 걸까.

제르젠이 잠에서 깼다. 추위 때문이었다. 아무리 불을 키워도 매서운 바람이 몰아치는 숲에서 이 이상 따뜻해질 수는 없다. 해가 뜨기 직전이 늘 가장 춥다. 모든 걸 포기하고 싶어지는 때다. 어떻게든 이 시간을 견뎌 살아남으면 해가 뜨듯 희망도 찾아올까?

"춥지?"

제르젠이 그레시아를 팔로 감쌌다. 체온을 나눠주려는 몸짓이었으나 얼음과 얼음을 맞붙인 형세로, 피차 나눠줄 온기가 없었다. 끔찍했던 밤이 지나고 해가 떴지만 기온은 조금도 오르는 것 같지 않았다.

"가자."

그레시아가 일어섰다.

"어디로?"

"여기 계속 있을 수는 없잖아."

둘은 온몸을 와들와들 떨며 걸었다. 그레시아는 쿤라의 집에 무사히 갈 수 있을지 두려워졌다. 예전에 쿤라의 집에 가려고 할 때마다 길을 헤맨 건 쿤라의 집으로 가는 길이 조금씩 바뀌기 때문이었다. 진정으로 가려는 마음이 있어야만, 대가를 치를 각오가 되어 있어야만 갈 수 있었다. 그때 그레시아는 가지 않으면 죽을 수밖에 없기 때문에 쿤라의 집에 갈 수 있었다. 나중에는 쿤라가 받아 주었기에 가능했다. 제르젠을 데리고 가도 쿤라의 집으로 가는 길이 열릴까?

새벽 겨울 숲에서 부는 바람은 온몸을 갈가리 찢어 놓는 듯했다. 가지 않으면 죽는다. 살려면 길을 찾아야 했다.

말벌 두세 마리가 위협적으로 두 사람 주위를 맴돌았다. 그레시아는 기쁜 나머지 울음이 터질 것 같았다. 쿤라의 집이 가까워졌다는 뜻이었다. 동시에 제르젠을 데리고 오지 말라는 경고였다. 그렇다고 제르젠을 버릴 수는 없지 않는가. 마침내 쿤라의 집 앞에 도착했다.

"여긴 어디야?"

제르젠이 물었다. 그레시아는 대답 대신 문으로 다가갔다. 오면서 미리 설명해야 할지 고민했다. 그런데 어떻게 설명하란 말인가? 숲에는 어린아이를 잡아먹는 마녀가 있으니 조심하라고 어른들이 으르는 소리를 자라는 내내 들었다. 아이들을 버리는 건 어른들인데도 말이다. 마녀의 집으로 간다고 말하면 제르젠이 따라올 것 같지 않았다. 직접 쿤라를 만나면 어른들이 하는 말이 다 거짓말이었음을 알게 될 것이다.

말벌이 다섯 마리로 늘었다. 제르젠이 추위에 곱은 손으로 나뭇가지를 집어 공격하려 했다.

"그러지 마! 우릴 해치지 않을 거야."

그레시아가 제르젠의 팔을 잡았다.

"그걸 어떻게 알아? 말벌이잖아."

그레시아는 문을 열었다. 쿤라는 쭈그리고 앉아 솥을 얹은 불을 쑤셔대고 있었다. 뒷모습만으로도 얼마나 화가 났는지 느껴졌다.

"쿤라, 저 왔어요. 오빠도 같이요."

그레시아는 제르젠을 데리고 들어왔다.

"여긴 어디야?"

제르젠이 물었다. 그레시아는 찬장에서 빵과 버터를 꺼내고 스튜가 담긴 솥을 열었다. 자기와 제르젠이 먹고도 남을 양이 들어 있었다. 그레시아는 쿤라가 제르젠의 몫까지 준비했다는 사실에, 다른 말로 그를 내치지 않으리라는 점에 안도했다.

"일단 먹자."

같은 일이 반복되었다. 굶주리고 지친 제르젠은 오래전 그레시아처럼 빵으로 그릇까지 깨끗하게 긁어 먹었다. 그레시아는 산사나무 차를 내주었다. 제르젠은 차를 마셨다. 그레시아는 제르젠을 2층으로 데려갔다. 제르젠은 눕기 무섭게 곯아떨어졌다.

그레시아가 내려오자 쿤라가 탁자에 앉아 기다리고 있었다.

"남자아이는 안 된다고 했잖아."

"죄송해요. 엄마가 이번에는 돌아오지 말래요."

그레시아가 자기로서도 다른 도리가 없으니 제발 받아들여 달라는 간절한 뜻을 담아 말했다.

"제르젠이 몇 살이지?"

"열다섯 살이에요."

"그럼 도시로 가서 장인의 도제로 들어갈 수도 있겠구나. 도시에는 키미안들이 있어. 여자는 잘 받아 주지 않지만……."

도시까지 가려면 한 달은 걸어야 한다. 그레시아에게는 여비도 없었고 가는 길도 몰랐다.

"사내아이가 마녀의 집에서 겨울을 보낼 수는 없어."

"제 실험실에서 지내면……."

"네 실험실도 내 그림자의 영역에 속해. 내일 당장 돌아가."

"집에 가 봐야 먹을 게 없어요. 우리가 돌아가면 엄마 아빠까지 넷 다 굶어 죽을 거예요."

쿤라는 끙 소리를 내며 일어섰다. 더는 가라고 말하지 않아 그레시아도 2층으로 올라가 잠이 들었다. 제르젠은 한밤중이 되도록 깨어나지 못했다. 밤새 추위에 떤 탓에 지독한 감기에 걸린 것이다. 그레시아는 쿤라에게 약을 달라 간청했다. 이대로 두면 제르젠이 죽을 것 같았다.

"마녀의 마법에는 대가가 필요한데 너희 둘 다 내게 줄 게 없어."

쿤라가 냉정하게 말했다.

"뭐든 대가를 치를게요!"

"'뭐든'이 뭔지나 알고 하는 소리냐? 사람들은 어떤 대가든 지금 고난보다는 나으리라 믿지. 자기가 뭘 감당할 수 있는지도 모르고 말이야."

쿤라는 돌아섰다.

그레시아는 자기가 치료해야 함을 깨달았다. 이제껏 몇 가지 약을 만들어 봤지만 사람에게 쓴 적은 없었다. 다치거나 아픈 동물들에게 아주 조금씩만 줬었다. 혹시라도 제대로 된 약이 아니라 오히려 더 아프게 할까 봐 걱정해서였다. 그래서 그레시아는 자기가 만든 약의 효과를 알지 못했다.

그레시아는 실험실 가마에 불을 올렸다. 센마초는 해열 작용이 있지만 평소 소화를 잘 못 시키는 사람에게는 설사나 구토를 일으킬 수 있다. 제르젠은 지금 그런 부작용을 견딜 만큼 건강하지 못했다. 모든 물질은 독이 있다. 키미안 중 약제사의 길을 걷는 이들은 그 독을 잘 쓰는 게 약의 시작이자 끝이라고 말했다.

그레시아는 어떻게 약을 만들어야 할지 고심했다. 센마초는 그늘지고 습한 곳에서 자라는 차가운 식물이다. 자차열매는 햇빛이 강하게 내리쬐는 곳을 좋아하는 따뜻한 식물이다. 그러니 자차열매가 센마초의 독을 중화해 줄 것이다.

그레시아는 제르젠에게 약을 먹이고, 눈을 담은 주머니로 이마와 겨드랑이를 닦으며 열을 내리기 위해 최선을 다했다. 며칠 뒤 제르젠이 깨어났을 때는 그레시아가 반쪽이 되어 있었다.

쿤라는 식재료를 쓰는 건 제지하지 않았다. 그래서 그레시아는 제르젠에게 영양가가 풍부한 좋은 음식을 듬뿍 먹여 주었다. 음식 정도는 그림자의 힘을 쓰는 게 아닌 걸까. 그레시아가 묻자 쿤라는 특유의 비웃는 얼굴을 했다.

"너희는 둘 다 마녀에게 목숨 빚을 졌어."

"갚을게요."

그레시아가 말했다. 쿤라는 들은 척도 하지 않았다.

그레시아와 제르젠은 건강을 회복했고 살이 올랐다. 제르젠은 늘 앙상했던 자기 몸에 살이 붙는 걸 불안하게 바라보았다.

"마녀는 우릴 살찌우고 있어. 어른들이 말한 거 기억 안 나? 마녀가 맛있는 음식으로 애들을 유혹해서 살을 찌운 뒤 잡아먹는다는 말 말이야!"

제르젠이 그레시아의 실험실에서 말했다.

"바보 같은 소리 하지 마."

"다들 굶주리고 있는데 마녀는 어디서 이런 음식이 나?"

"말했잖아. 그림자의 영역은 다르다고."

"숲에서 돌아오지 못한 다른 아이들은 어디 있지? 분명 쿤라가 잡아먹은 거야!"

"애들을 버린 건 애들의 엄마 아빠인데 왜 쿤라를 탓해? 우릴 버린 것도 우리 엄마 아빠야!"

"네 말대로 정말로 엄마 아빠가 널 버린 거라면, 왜 집에 돌아왔어? 쿤라랑 살지?"

"쿤라가 날 계속 돌볼 수는 없어. 쿤라는 우리 부모님이 아니잖아. 쿤라가 돌아가라고 했어. 그러면 언젠가 부모님을 버릴 기회가 올 거라고."

그레시아는 마지막 말을 하며 살풋 웃었다. 자기를 집에 돌려보내려고 한 소리였다. 하지만 말을 해도 꼭…….

"너한테 부모님을 버리라고 했다고?"

"아니야! 쿤라는 그냥 나한테 집에 돌아가라고 설득하려고……."

"엄마 아빠가 기다리라고 한 말은 거짓말이라면서 왜 쿤라 말은 믿어?"

"오빠를 살려 준 건 쿤라야."

"살찌워서 잡아먹으려는 거야! 집으로 돌아가자. 도망쳐야 해."

"말했잖아, 엄마가 돌아오지 말……."

"네가 그냥 길을 잃은 거라니까? 엄마 아빠가 우릴 버릴 리가 없잖아!"

그레시아는 너무 놀라 말문이 막혔다. 제르젠은 아직도 부모님이 자기를 버리려 했다는 걸 믿지 않으려 들었다. 그럴 것이다. 버림받는 건 언제나 자기였으니까. 집에 음식이 부족해지면 엄마는 그레시아를 심부름 보내고 몰래 제르젠만 먹였다. 제르젠은 버림받을 수 있다는 사실 자체를 상상하지 못했다. 그래서 여전히 부정하려 드는 것이다. 마음 깊은 곳에서는 자기도 알고 있으면서……

"아직도 못 믿어? 난 벌써 다섯 번째라고 말했잖아."

"넌 성격이 까탈스럽잖아. 마른 빵은 싫어하고!"

그레시아는 아까보다 더 큰 충격을 받았다. 제르젠은 설사 엄마 아빠가 자기를 버린 게 사실이라 해도, 그게 자기 탓이라고 말하고 있었다. 둘 중 하나를 버려야 한다면 자기가 선택되는 이유를, 정말 모르는 거야?

"오빠 혼자 가."

"집에 가는 길을 찾아서 다시 올 테니까 기다리고 있어."

"다시 못 올 거야. 길이 계속 바뀌니까. 난 괜찮……."

"역시! 쿤라가 엄마 아빠가 우릴 찾지 못하도록 길을 바꾸고 있는 거였어. 넌 속고 있는 거야!"

제르젠의 말은 놀랍게도 그럴싸하고 설득력이 있었다. 그레시아는 당장 반박할 말이 생각나지 않았다. 제르젠이 실험실을 박차고 나갔다. 그레시아는 제르젠을 따라갔다. 제르젠은 쿤라의 집에 들어갔다. 쿤라는 바닥에 흩어진 돈을 줍고 있었다. 누가 또 돈을 집어던지고 간 모양이었다.

"우리 몸값이야!"

제르젠이 쿤라를 밀치더니 정신없이 금화를 주웠다. 쿤라는 넘어지며 벽난로에서 끓고 있는 솥에 얼굴을 부딪쳤다.

"아니야, 오빠! 그게 아니야. 그 돈을 건드리면 안 돼!"

키미안들은 엄격한 법칙 속에서 움직였다. 물과 알코올은 정확한 온도에서만 끓어 기체가 되었다. 약이 효능을 발휘하려면 약의 성분이 많아도 적어도 안 되었다. 마녀들 또한 자기들이 속한 세계의 규칙이 있었다. 마녀는 대가 없이 힘을 내줄 수 없었다. 저 돈은 마녀가 받은 대가였다. 규칙이 깨지면 조화가 부조화로 바뀌고 부조화는 반드시 문제를 일으켰다. 제르젠은 자기 행동이 어떤 문제를 일으킬지 몰랐다. 그레시아도 마찬가지였다. 하지만 분명 안좋은 일이 생길 것이다.

쿤라가 비틀거리며 일어나 송진가루를 던졌다. 불꽃이 머리에 뿔이 달린 무시무시한 형상으로 타오르며 제르젠을 위협했다. 제르젠은 겁을 먹고 도망치는 대신 의자를 들어 불꽃을 공격했다. 사납게 달려드는 말벌에게는 주먹을 휘둘렀다.

제머가 날아올라 천장에서 빙빙 돌았다. 샤샤가 털을 곤두세우고 제르젠에게 앞발을 휘둘렀다. 그레시아는 오래도록 쿤라의 집을 드나들었기에, 제머는 제르젠이 돈을 갈취하려 든 자로서 마땅한 대가를 치르게 하려 하고, 샤샤는 그가 지금이라도 물러서도록 말리려 함을 볼 수 있었다. 그러나 제르젠의 눈에 제머는 당장 자기 손에 닿지 않는 곳에서 날아다니는 까마귀였고, 샤샤는 자기를 공격하는 고양이였다.

118

제르젠이 있는 힘껏 샤샤를 발로 걷어찼다. 샤샤는 공처럼 날아가 땅에 떨어지더니 일어나지 못했다.

"집으로 가자, 그레시아. 이 돈이면 우리 가족이 몇 년은 걱정 없이 살 수 있어."

"그건 우리 돈이 아니야."

"우리 같은 어린애를 살찌워 잡아먹고 번 돈이야!"

"그렇지 않아!"

제르젠은 그레시아를 잡아 데려가려 했다. 그레시아는 제르젠을 뿌리쳤다.

"그레시아……!"

제르젠은 오래도록 아끼며 보살펴 온 동생이, 자기가 아닌 마녀를 택하는 걸 보았다. 믿을 수 없는 일이었다. 제르젠은 잠시 넋을 놓고 있다가 문을 박차고 나갔다.

그레시아는 무엇부터 해야 좋을지 몰랐다. 제머는 다행히 멀쩡했으나 쿤라와 샤샤가 다쳤다. 쿤라가 일어섰다. 솥에 얼굴을 부딪쳐 심한 화상을 입었다. 샤샤는 가쁜 숨을 쉬며 쇳소리를 내고 있었다. 쿤라가 힘겹게 찬장을 가리켰다. 그레시아는 거기서 화상약을 꺼냈다.

"그 옆에 거!"

쿤라가 말하며 샤샤를 보았다. 그레시아는 그 옆에 있던 약을 꺼내 샤샤에게 다가갔다. 샤샤는 그레시아도 경계하며 이빨을 드러냈다. 갈비뼈가 부러지며 폐를 찔렀는지 피거품을 물고 있었다.

"어떡해, 샤샤, 어쩌면 좋아, 정말 미안해……."

"이리 줘."

쿤라가 와서 할퀴며 몸부림치는 샤샤를 단단히 잡고 입을 벌려 약을 넣었다. 샤샤가 축 늘어졌다. 쿤라는 솥으로 가 샤샤가 할퀸 손등에서 흐르는 피를 넣어 저었다.

"제머! 이 굼벵아, 뭐 하는 거야?"

쿤라가 고함을 질렀다. 제머가 제르젠이 밟고 간 흙, 잠자리에 떨어져 있던 머리카락을 가져왔다. 쿤라는 그것들도 솥에 넣었다.

"제르젠을 저주하지는 않을 거죠? 쿤라, 제르젠은 그냥 모르고……."

"샤샤를 죽게 놔두라고?"

쿤라의 눈이 사납게 타올랐다.

"아뇨, 아니에요, 그런 뜻이 아니라……. 샤샤, 미안해, 정말 미안해……. 쿤라, 제발……."

그레시아의 눈에서 눈물이 쏟아졌다. 그레시아를 노려보던 쿤라가 제머에게 눈짓하니 제머가 빈 유리병을 가져왔다. 그레시아는 자기 눈물을 유리병에 받았다. 쿤라는 그레시아의 눈물을 솥에 뿌렸다. 솥에서 검고 붉은 연기가 뭉게뭉게 피어올랐다. 그러더니 천둥처럼 요란한 소리와 함께 솥에서 쿤라가 끓이던 게 폭발했다. 쿤라는 집에 불이라도 난 것처럼 자욱한 연기 속에서 솥에 남은 액체를 그릇에 담아 샤샤에게 먹였다.

첫 번째 약으로 인해 몸은 마비되었어도 정신은 잃지 않아 두려움과 분노에 차 있던 샤샤의 눈빛이 조금씩 평온해졌다. 쿤라는 두 손으로 샤샤를 소중하게 안아 올려 쿠션을 깐 의자에 눕혔다. 샤샤는 하품을 한번 하더니 몸을 동그랗게 말고 잠이 들었다.

"쿤라도 치료해야죠."

그레시아가 화상 연고를 내밀었으나 쿤라는 본 체 만 체하고 바깥으로 나갔다. 그레시아도 따라갔다. 쿤라는 호수에 자기 얼굴에서 흐르는 진물과 피를 떨어뜨렸다. 호수에 마을 풍경이 나타났다. 제르젠이 집으로 들어갔다. 집에 던첼이 와 있었다. 제르젠은 돈을 감추려 했지만 늦었다. 엄마, 아빠, 던첼은 제르젠의 이야기를 듣더니 마을 사람들을 소집했다.

"마녀가 우리 아이들을 잡아가 팔고 있었어!"

"마녀가 저주를 해 우리 집에 다리가 셋 달린 새끼 돼지가 태어났어!"

"마녀를 없애야 해!"

"마녀의 집에는 먹을 게 풍부해."

"우리 먹을거리를 마녀가 훔쳐간 거야!"

수십 명의 사람들이 쇠스랑, 도끼, 낫 따위로 무장하고 기세등등하게 숲으로 달려오기 시작했다.

"말도 안 돼……. 쿤라, 도망쳐야 해요!"

"마녀가 갈 곳이 어딨어."

쿤라는 뜻밖에 담담했다. 그녀는 집에 들어가 빵과 과일 따위를 담요에 싸서 그레시아에게 내밀었다. 제머가 날아올라 빙빙 돌았다. 자기를 따라오라는 것 같았다.

"저만 갈 수는 없어요. 제가 사람들에게 말할게요."

"여기서 먹고 잔 네 오빠도 널 못 믿는데 누가 널 믿겠니?"

"하지만……."

"샤샤를 데리고 가."

"같이 가요."

쿤라가 그레시아와 눈을 마주했다.

"나도 한때 마을의 아이였단다."

"설마 쿤라도 버림받았던 거예요?"

"말했지? 마녀에게 받는 건 언제나 대가가 따른다고. 샤샤는 지금 많이 약해. 반드시 누군가가 옆에서 보살펴야 해. 샤샤를 안전한 곳으로 데려가라. 날이 밝을 때까지 절대로 돌아와서는 안 돼. 그게 내가 네게 받을 값이다."

"그래도……."

"샤샤와 나는 함께 버려졌지. 샤샤가 내게 얼마나 중요한 존재인지 알겠니? 가라. 무슨 일이 있어도 돌아봐서는 안 돼."

제머가 독촉하듯 까악거렸다. 그레시아는 따뜻한 담요로 샤샤의 몸을 감쌌다. 샤샤가 눈을 반쯤 뜨더니 도로 잠들었다. 그레시아는 제머가 이끄는 대로 숲을 걸었다. 돌아보려 할 때마다 제머가 그러면 안 된다고 야단치듯 울었다.

제머는 그레시아를 작은 동굴로 데려갔다. 몸을 뻗기에도 좁은 공간이지만 입구를 마른 나무로 가리자 찬바람은 들어오지 않았다. 그레시아는 샤샤를 끌어안아 체온을 나누어 주었다. 샤샤가 작게 한숨을 쉬었다. 샤샤는 세게 끌어안기도 겁날 만큼 약해져 있었다.

— 나도 한때 마을의 아이였단다.
— 열다섯 살이면 도시로 가서 장인의 도제로 들어갈 수도 있겠구나.

그레시아는 쿤라의 집에 있던 아이들이 쓰기에 적당한 크기의 이불, 베개, 여벌 옷 따위를 떠올렸다. 자기가 쿤라가 구한 첫 아이가 아니었다. 쿤라는 아이들이 처한 상황에 따라 살길을 마련해 주었을 것이다. 다 구하지는 못했을지라도 최선을 다해 왔다.

제머는 동굴을 떠났다. 잠시 열렸던 입구를 통해 타는 냄새가 들어왔다. 그레시아는 동굴 밖으로 고개를 내밀었다. 쿤라의 집 쪽에서 검은 연기가 피어오르고 있었다. 그레시아는 샤샤를 내려놓고 쿤라에게 가려고 했다.

— 마녀에게 받는 건 언제나 대가가 따른단다.
— 샤샤는 지금 많이 약해. 반드시 누군가가 옆에서 보살펴야 해.

샤샤가 몸을 떨었다. 이대로 두고 갔다가 샤샤가 죽기라도 하면……. 그레시아는 샤샤를 품에 안고 차가운 돌 벽에 등을 기댔다.

쿤라는 얼어 죽을 뻔한 제르젠을 살려 줬는데 어떻게 이럴 수가 있지? 샤샤가 뭘 잘못했다고 발로 걷어찬단 말인가? 엄마 아빠는……! 누군가를 미워하지 않기란 얼마나 힘든가. 그것도 상대가 가족일 경우에는…….

엄마 아빠에게 처음 버림받았던 밤과는 비교할 수도 없을 만큼 긴 밤이 깊어 갔다. 쿤라는 괜찮을까? 가시나무와 말벌, 불꽃 정도로 어른들을 막을 수 있을까? 아직 어린 제르젠에게도 먹히지 않았는데? 불꽃을 보고도 달려들다니……. 여기서 이렇게 가만히 있어도 되는 걸까. 그레시아는 약속을 지킨다는 게 이렇게 힘든 일일 줄 상상도 하지 못했다.

영원히 제자리에 있을 것 같은 달이 지고, 해가 떴다. 그레시아는 입구를 가린 나뭇가지를 치우고 나왔다. 쿤라의 집은 동굴에서 동쪽이라 햇빛이 눈을 찔렀다. 어떤 키미안은 근본 물질은 아침 첫 햇살처럼 찬란한 모습으로 나타나리라 했다. 그레시아는 손으로 가림막을 만들고 해를 향해 걸으며 어제까지와 오늘 이후는 결코 같을 수 없음을 깨달았다.

쿤라의 집은 완전히 허물어져 있었고, 아직도 곳곳에서 연기가 피어올랐다. 자신의 실험실도 마찬가지였으며 실험도구는 솥뿐만 아니라 작은 비커 하나 남김없이 박살나 있었다. 어떤 마법도 증오에 찬 사람들을 막기에는 역부족이었다.

쿤라는 호수를 바라보며 서 있었다. 그녀의 뒷모습은 짚이 다 빠져 새끼 참새도 무서워하지 않을 오래된 허수아비 같았다.

"사람들이 호수까지 메웠어요?"

그레시아가 고통스럽게 외쳤다.

7년 전 처음 봤을 때는 호수가 아니라 늪처럼 보였다. 그간 쿤라가 혼신의 힘을 다해 맑게 가꾸어 왔는데 하룻밤 사이에 흙으로 돌아갔다.

쿤라가 몸을 돌리더니 팔을 내밀었다. 그레시아는 샤샤를 건네주었다. 쿤라는 산들바람에도 날아갈 깃털처럼 샤샤를 고이 받아 품에 안았다. 샤샤가 잠결에 입맛을 다셨다. 나으려는 모양이었다.

"마녀는 마녀로 태어나지만 꼭 마녀가 되어야 할 필요는 없지."

"네?"

"마녀가 되려면 절망이 필요하단다. 절망이 깊을수록 마녀의 힘도 강해지지."

쿤라의 목소리와 표정은 깊고 공허했다.

"설마 일부러……"

그레시아는 쿤라가 일부러 사람들을 도발했는지 물으려다 화급히 입을 다물었다. 그랬을 리 없다. 쿤라는 여기서 버림받는 아이들을 도우며 살기 바랐다.

"일부러 하는 절망은 절망이 아니야."

또 다시 깨달음이 그레시아를 찾아왔다.

"그리마는 절망해서 아팠던 거군요. 잠시 머물며 회복할 곳을 찾아 여길 왔던 거고요."

그리마는 절망을 통해 진정한 마녀가 되었다. 그래서 쿤라가 자기보다 어린 그녀를 손윗사람처럼 대했던 것이다.

"이제 어떻게 하실 거예요?"

"마녀의 숲으로 가서 새 힘으로, 새 호수를 가꿀 거다. 이번엔 쉽게 만들겠지."

쿤라는 조금도 기뻐 보이지 않았다. 누가 절망을 바라겠는가.

"샤샤가 여기 있었다면 무사하지 못했을 거야. 네가 샤샤를 구한 게 제르젠이 치러야 할 대가까지 넘어설지는 두고 보자꾸나."

"그럴 수도 있어요? 오빠 때문에 이 많은 일이 생겼는데도요?"

"진심 어린 눈물은 증오보다 강하단다."

쿤라는 안전한 곳에 샤샤를 내려놓고, 부러진 나뭇가지를 주섬주섬 엮어 빗자루를 만들었다. 그러더니 샤샤를 품에 안고 빗자루에 올랐다. 빗자루는 하늘로 솟구쳐 삽시간에 사라졌다. 제머가 그레시아의 머리 위에서 한 바퀴 돌더니 쿤라를 따라갔다.

그레시아는 잔해를 헤집으며 쓸 만한 물건을 찾았다. 불에 그슬리긴 했어도 옷가지 몇 개는 건질 수 있었다. 그레시아는 정오가 되어서야 쿤라가 완전히 떠났다는 사실을 알았다. 그리마도 인사

없이 갔었다.

"마녀들이란……"

그레시아가 중얼거렸다. 이젠 어째야 하는지를 생각하다가 그리마가 준 주머니에 생각이 미쳤다. 그레시아는 주머니를 열었다. 편지와 인장이 박힌 반지, 약간의 돈이 들어 있었다. 편지에 쓰인 내용은 단 한 줄이었다.

— 토플러 영지로 가서 그리마가 보냈다고 말해.

글을 익혔고, 책을 살 돈이 있고, 수학과 자연철학도 배울 수 있는 여자…….

맙소사, 이렇게 당연한 걸 몰랐다니!

인장이 박힌 반지 없이도 진즉 알아차렸어야 했다. 그리마는 귀족이었다. 귀족의 딸인데도 사람들이 증오하고 두려워하는 마녀로 태어났다. 누구나 마녀로 태어날 수 있었다.

그레시아가 몇 걸음 걷는데 뒤에서 인기척이 들렸다. 돌아보니 제르젠이 죄책감, 후회, 자책에 빠져 서 있었다.

"믿고 싶지 않았어. 그런데 집에 돌아갔을 때 부모님 표정이……."

"알아."

"쿤라는?"

"쿤라는 괜찮아."

제르젠은 자기가 만들어 낸 참사를 차마 마주하지 못하고 주먹으로 뜨거워진 눈두덩을 눌렀다.

"샤샤…… 많이 다쳤어? 발끝에 차이던 느낌이 사라지질 않아. 뼈가 부러지는 것 같았는데……."

"샤샤는 나을 거야. 진짜 문제는 오빠와 우리 부모님, 마을 사람들이야. 언젠가, 어떻게든 대가를 치르게 될 거거든."

그레시아의 마음이 무거워졌다.

"잘못에 대한 대가잖아."

제르젠이 힘겹게 말했다.

"오빠는 이제 어떡할 거야?"

"모르겠어, 너는?"

그레시아는 그리마의 편지를 읽어 주었다.

"너 글을 읽을 줄 알아?"

제르젠이 소스라치게 놀라 물었다.

"여기 잠시 들렀던 마녀인 그리마가 가르쳐 줬어. 이 외에도 많은 걸 알려 줬지. 쿤라는 도시에 가면 키미안을 만나 더 배울 수 있을지도 모른다고 했어. 토플러 영지에 가면 그럴 기회가 올지도 몰라. 하지만 거기로 가야 할지 잘 모르겠어. 우리 영주는 전쟁을 일으켰어. 이 영주는 뭐가 다를까?"

"네가 한 말 기억나? 영주가 세금을 올린 까닭을 일이 벌어진 후에야 알게 되었다고. 어떤 영주든 우릴 받아 줘서 그 밑에서 일하게 된다면 적어도 그렇게 무력하지는 않을지도 몰라. 어떻든…… 더는 여기 있을 수 없잖아. 나랑 같이 가자. 그리마라는 마녀가 쿤라와 닿아 있다면, 그 영지가 그리마와 연결된 곳이라면 언젠가 먼 길을 돌더라도 사과할 기회가 올지도 모르니까."

그레시아는 언제나 선량하던 제르젠의 눈빛이 달라졌음을 보았다. 자기 안의 어둠을 보기 전과 이후는 같을 수 없다. 이 일이 제르젠을 어떤 길로 이끌지는 시간이 알려 주리라.

그리마는 모든 마녀는 언젠가 한 번은 자기 터전을 떠나야 한다고 했다. 어쩌면 키미안도 그럴지도 모른다. 그럼 언젠가 절망을 통해 진짜 키미안이 되는 걸까?

둘은 숲을 빠져나가는 길을 따라 나란히 걸었다.

문신

"저기 보이는군요."

상인이 말했다. 나도 그 정도는 볼 수 있었지만 굳이 그에게 그렇다고 말하진 않았다. 나는 눈을 가늘게 뜨고 멀리 보이는 성벽을 바라보았다. 중앙에 높이 세운 사각 탑 세 개가 제일 먼저 눈에 들어왔다. 탑과 탑 사이는 끝을 뾰족하게 깎은 통나무를 이어 붙인 형태로 보였는데, 가까이서 보니 통나무가 아니라 흙과 모래를 굳혀 만든 벽돌이었다. 사각 탑도 마찬가지였다. 성벽과 탑은 밑에서 3분의 1 지점을 지난 부분부터 꼭대기까지 뾰족한 돌기가 곳곳에 솟아나와 있었다. 누구든 이 성을 공격하려는 사람은 공성 사다리를 세울 때 애를 좀 먹으리라.

우린 성문을 통과해 안으로 들어갔다. 나는 몇 번 눈을 깜박였다. 분명 이 지역에 사는 사람들은 피부가 검다고 들었는데 하얀 사람이 많이 보였다. 내가 잘못 들은 건지, 아니면 멀리 다른 대륙에 사는 사람들이 이곳을 많이 찾는 것인지? 나는 피부가 하얀 사람들이 사는 대륙도 다녀온 적이 있었다. 그 지역 언어도 몇 개 알았다. 하지만 그곳 사람들이 여기까지 방문했다는 이야기는 듣지 못했다. 여기까지 오면서 피부가 하얀 사람을 보는 건 처음이었다.

나는 상인에게 그런 걸 물어볼 여유가 없었다. 잘 보이지 않는 눈으로 긴 행군을 한 터라 지칠 대로 지쳐 있었다. 여관을 잡은 뒤 나는 상인에게 동행을 허락해줘서 고맙다고 인사하고 약간의 사례를 했다.

여관 내부는 지금까지 스쳐 온 근처 다른 마을에서 본 집들과 크게 다르지 않았다. 바닥은 흙으로 되어 있었고, 이부자리와 좌식 탁자가 보였다. 나는 모래 냄새가 나는 이불을 폈다. 피곤했지만 쉬 잠이 들 것 같지 않았다. 그때 한 소녀가 문을 두드리고 안으로 들어왔다.

"발 씻을 물을 갖다 드릴까요? 원하시면 식사도 방으로 가져다 드려요."

"그래. 물과 음식이 필요해. 참, 무엇보다……."

나는 가방을 뒤져 가죽으로 곱게 싸 두었던 물건을 꺼냈다.

"이 도시에 이걸 수리할 만한 사람이 있을까?"

"어머! 안경이네요!"

소녀는 감탄한 듯 외치고 한참 이리저리 둘러보았다. 아마 직접 본 적은 많지 않으리라.

"그럼요! 제가 맡겨 드릴까요?"

"그래주면 고맙고."

"염려마세요."

소녀는 나갔다가 대야를 가지고 돌아왔다. 나는 먼저 손을, 이어서 발을 내밀었다. 소녀는 정성껏 내 손과 발을 닦아주고는 안마도 해주었다. 기분이 훨씬 나아졌다. 잠시 후 소녀는 빵과 말린 과일, 염소젖으로 만든 치즈와 술을 가져왔다. 나는 소녀에게 동전을 몇 개 주고 감사한 마음으로 음식을 먹었다.

다음 날 아침 소녀가 아침식사를 가져왔다. 잘 먹고 푹 쉬어서인지 몸은 한결 나아졌지만 눈이 제대로 보이지 않는 게 영 갑갑했다. 소녀는 금방 나가지 않고 머뭇거렸다.

"왜 그러지? 뭔가 내게 할 말이 있니?"

소녀는 고개를 끄덕였다. 어떤 표정을 짓고 있는지까진 알아볼 수 없었지만 무언가 내게 부탁할 게 있다는 건 짐작할 수 있었다.

"이름이 뭐니?"

"세이라요."

소녀가 기쁜 목소리로 대답했다. 이름을 묻는 건 중요하다. 나는 단지 이름을 한 번 물어봤을 뿐인데, 어떻게든 물건을 하나 팔아보겠다고 악다구니를 쓰던 아이가 평범하고 귀여운 아이로 변하는 걸 본 적이 있다. 어떻게 해서든 내 앞에서 불쌍한 척을 해 돈을 얻어내려던 자매가 다른 사람은 모르는 숲 속 비밀장소의 안내자로 탈바꿈한 적도 있었다. 내가 싸 온 빵은 셋이 먹기엔 조금 모자랐지만 그걸 나눠먹으며 우리 셋은 내내 가식 없이 웃었다. 나는 헤어지기 전에 그 애들의 물건을 사며 돈을 주었지만, 그래도 이름을 묻기 전과 이름을 물은 후는 다르다.

"몇 살이지?"

나는 이 지역 언어에 아직 서툴다. 이 도시는 유독 발음이 거셌다. 하지만 세이라는 쉽게 알아들었다.

"열여섯이에요."

"결혼할 나이가 되었구나."

세이라는 배시시 웃으며 몸을 꼬았다.

"손님은 여행가죠?"

"이곳에도 여행가가 오니?"

나는 조금 긴장해서 물었다.

"아뇨, 손님이 처음이에요. 여행가는 처음 봐요."

"그렇구나."

나는 안도했다. 여기까지 오는 데만 석 달이 걸렸는데 그중 반은 모기 떼와 거머리 떼와의 싸움이었다. 물론 나는 여행기에 그 내용도 적겠지만 길게 쓰지는 않을 것이다. 영주가 듣고 싶어하는 건 그런 내용이 아니다.

"남편은 없나요?"

언제나 듣는 말이다. 나는 이 다음 질문도 예상하며 대답했다.

"아니, 난 결혼한 적이 없단다."

"그럼 외롭지 않아요?"

나는 가만히 웃었다. 나는 외롭다. 하지만 외롭다고 대답하지 않는다. 외롭다는 대답을 들은 사람들은 하나같이 왜 정착하지 않느냐고 묻기 때문이다. 나에게는 그 의문을 해소시킬 도리가 없다. 나는 외롭지 않다. 하지만 외롭지 않다고 대답하지 않는다. 외롭지 않다고 대답하면 사람들은 하나같이 남편도 자식도 없이 홀로 떠도는데 왜 외롭지 않냐고 묻기 때문이다. 나로서는 그들을 납득시킬 방법이 없다. 나는 외로움을 갈망한다. 하지만 외로움을 갈망한다고 대답하지 않는다. 외로움을 갈망한다고 대답하면 사람들은 단 하나의 예외도 없이 나를 이상한 눈으로 쳐다보기 때문이다. 그리고 왜 외로움을 갈망하느냐고 묻는다. 나는 그 어떤 말로도 이해받기 불가능하다는 걸 알기에 다만 웃음짓는다.

세이라는 내가 제대로 대답해 주지 않자 무안한 듯, 혹은 부탁할 말을 고심하는 듯 잠시 말이 없었다.

"저기……."

"응?"

나는 여성스럽게 물으며 빵을 한 입 베어 물었다.

"여행가시면 이 도시를 안내할 사람이 필요하지 않으세요?"

"소개할 만한 사람이 있니?"

"저희 오빠요!"

세이라가 냉큼 대답했다. 나는 기다렸다. 바로 오빠를 권한 것과 달리 세이라는 뒷말을 잇는 걸 주저하며 다른 소리를 늘어놓았다.

"부모님이 어릴 때 병으로 돌아가셨어요. 전 그 뒤 죽 이 여관에서 일해 왔구요."

"언제 돌아가셨는데?"

"제가 여섯 살 때요."

나는 세이라가 자기 나이가 열여섯이라고 한 것도, 지금 부모님이 여섯 살 때 돌아가셨다고 말한 것만큼 확실하지 않을 거라고 생각했다. 이 아이는 자기 나이를 모른다. 이 지역에서는 엔간한 유지가 아니면 자기 나이를 정확히 알지 못한다. 여자들은 생리를 시작하고 적당히 가슴과 엉덩이가 부풀면 결혼을 한다.

"오빠도 잘 하려고 했는데…… 잘 안 됐어요. 그렇지만 오빤 정말 착해요. 일도 열심히 하고요. 어디든 잘 안내해 드릴 거예요."

나는 세이라가 떨어진 콩을 줍듯 주섬주섬 하는 이야기를 들으며 이 아이의 오빠는 아마 말썽쟁이였을 거라 짐작했다. 죄를 짓고 형벌을 받은 적이 있을지도 몰랐다.

"오빠가 저 결혼시키려고, 많이 애쓰고 있는데……. 지참금을 모으기가 쉽지 않아서요. 전 특히나 지참금이 많이 필요하거든요."

세이라가 우울하게 말했다.

"왜?"

"전 아직 어떤 사람이 될지 모르니까요. 참, 오빠 보고 너무 놀라지 마세요. 어쨌든 오빠를 보시면 어떤 사람인지 확실히 알게 될 테니까 믿을 수 있을 거예요."

나는 세이라가 무슨 말을 하는지 이해하지 못했다. 하지만 이어지는 이야기를 듣다가 질문할 때를 놓쳤다. 나는 그저 세이라의 오빠를 만나보겠다고만 대답했다.

세이라의 오빠 이름은 쿤구였다. 나는 쿤구를 보고 놀랐는데, 세이라는 이 지역 사람들이 그러하듯 새까만 피부였지만 쿤구는 하얀 얼굴을 하고 있었기 때문이다. 나도 모르게 부모가 다른지 물으려다가 잔뜩 긴장하고 겁먹은 기색을 보이는 세이라를 보고 그만뒀다. 무슨 사정인지는 모르지만 이게 이 아이의 오빠가 쉽게 일자리를 찾지 못하는 이유일 것이다. 세이라는 내일 오전이면 안경이 다 수리된다고 말했다. 나는 안경을 찾아오면 그때부터 도시를 돌아보겠다고 말했다. 세이라는 눈에 띄게 안도했다.

예상대로 쿤구는 다소 험하게 자란 청년 같았다. 하지만 난 그런 아이일수록 오히려 내면은 순수하다는 것, 무엇보다 여행기에 쓸 만한 재미있는 이야깃거리를 많이 가지고 있다는 걸 알고 있었다.

그날은 종일 이곳까지 오는 여행기를 쓰는 데 시간을 보냈다.

다음 날 점심 무렵 쿤구가 안경을 가지고 왔다. 이미 이 지역에서는 아침이라 해도 점심 때 오고, 점심 무렵이라 해도 오후 늦게 올 수도 있다는 걸 물리도록 경험한 터라 그다지 놀랍지 않았다. 오히려 이만하면 빨리 왔다고 봐야 했다. 세이라가 특별히 부탁한 모양이었다.

나는 기쁜 마음으로 쿤구가 내민 안경을 받아 깨끗이 닦아서 썼다. 이 지역에 막 들어설 무렵 낙타를 타고 오다가 떨어뜨려 깨진 후 3개월 만에 쓰는 안경이었다. 이제야 겨우 제대로 세상을 보겠구나 하고 안도의 한숨을 내쉬며 안경을 썼다. 쿤구가 내 눈 앞에 서 있었다. 다행히 그는 내가 얼마나 놀랐는지 눈치채지 못한 것 같았다. 오랜 여행 경험으로 나는 속내를 감추는 데 숙련되어 있었다.

쿤구의 피부는 하얗지 않았다. 동생 세이라처럼 온통 새까맸다. 내가 그를 하얗다고 오해한 건 얼굴과 옷 밖으로 드러난 팔과 다리에 빽빽하게 새겨진 하얀 문신 때문이었다. 쿤구는 내가 자기 얼굴을 빤히 보는데도 별로 신경 쓰지 않는 것 같았다. 당연하다는 듯 자기를 살펴보게 했다. 심지어 자세히 보라는 듯 팔을 내밀어 보이기까지 했는데 손등부터 어깨까지 빈틈이 보이지 않았다. 나는 그 애의 얼굴과 몸에 새겨진 문신이 모두 글자라는 걸 알아보았고, 그중에서 내가 아는 단어 몇 개를 찾을 수 있었다. 도둑질, 훔치다, 때리다, 그리고 날짜들.

그제야 세이라가 쿤구를 소개하면서 왜 그렇게 주저했는지 알 수 있었다. 그러고 보니 이곳은 형벌이 아주 특이하다고 들은 기억이 났다. 아마도 눈이 제대로 보였다면 좀 더 열심히 이야기를 들었을 것이다. 하지만 안 그래도 험한 길에서 앞이 제대로 보이지 않는다는 건 나를 너무 지치게 했다. 나는 이곳이 작지 않은 도시라 안경을 수리하는 사람이 있을 거라는 이야기만 간직했었다.

"가시겠어요?"

쿤구가 물었다. 나는 고개를 끄덕이고 그와 함께 나왔다. 길에서 스치는 사람 중 얼굴에 문신 한두 개 없는 사람은 찾기 어려웠다. 드물게 쿤구처럼 더 이상 얼굴에는 빈자리가 없어 몸까지 새긴 사람들도 있었다.

쿤구는 이곳 구석구석을 잘 알고 있었다. 우린 사원에 들어가 도시 사람들이 예배를 드리는 모습을 봤고, 모래를 이용해 세탁을 하는 특이한 빨래터도 구경했고, 아무것도 없을 것 같은 모래 속에 코를 박더니 먹을 것을 찾아내는 이 지역 소와 소몰이꾼과 함께 시간을 보내기도 했다. 말이 소지 내가 봐 온 어떤 소와도 닮지 않았지만 젖과 고기를 공급한다는 점에서 아주 유용한 짐승이었다. 분명 그것들을 가지고도 재미있는 이야기를 쓸 수 있을 것이다. 하지만 이 마을에서 가장 흥미를 끈 건 형벌 장면이었다.

쿤구는 나를 도시 중앙에 있는 시장으로 데려갔다. 소를 파는 사람, 소를 사는 사람, 말린 고기나 과일 따위를 파는 사람, 말린 고기나 과일 따위를 사는 사람, 음식을 해 파는 사람, 음식을 사

먹는 사람, 값을 깎으려는 사람, 값을 비싸게 받으려는 사람, 우는 아이를 때리는 여자, 엄마에게 맞고 더 서럽게 우는 아이, 등에 업힌 아이가 울거나 말거나 목청을 높여 싸우는 여자, 말리려다 제풀에 흥분해 싸우던 사람보다 더 날뛰는 남자……. 사람, 사람들의 말이 가득한 곳이었다.

쿤구는 싸우는 사람과 우는 아이와 물건을 팔려는 사람 틈으로 나를 끌고 능숙하게 헤쳐 나갔다. 그 시장 한 귀퉁이에 죄를 새기는 사람들과 죄가 새겨지는 사람과, 죄가 새겨질 차례를 기다리는 사람들이 있었다. 죄를 새기는 사람들은 모두 아홉 명으로, 죄를 지어 잡혀온 사람들은 기약 없이 구석에 묶여 차례를 기다리고 있는데도 조금도 서두르는 기색이 없었다. 둘레에는 창을 든 경비병들이 지키고 있었다. 저녁때가 오자 죄인들의 가족들이 그들이 먹을 밥을 가져왔다. 먹을 걸 가져다주는 가족이 없는 사람은 굶었다.

내가 이 마을에 도착했을 때 피부가 하얗다고 생각했던 사람들은 모두 범죄자였다.

죄를 새기는 사람들이 하얀 액을 묻힌 바늘을 한 땀 한 땀 찔러 죄를 새기는 광경을 그저 넋을 잃고 보았다. 그들은 전에 죄를 새긴 사람의 피가 묻은 수건으로 앞에 있는 사람에게서 흐르는 피를 닦아 내었다. 나는 한참 그 모습을 지켜보다 쿤구에게 물었다.

"다른 형벌은 없니?"

"예?"

쿤구가 되물었다. 나는 얼굴을 찌푸렸다. '감옥'이 이곳 언어로 뭐였지?

"어떤 지역에서는 죄를 지은 사람을 때리거나 다른 곳으로 나가지 못하도록 가둬 두지."

"예?"

쿤구는 여전히 이해하지 못했다. 나는 어떻게 설명해야 하나 부족한 내 어휘력으로 한참 고민했다. 그때 우리 이야기를 들은 사람이 쿤구에게 무언가를 설명하기 시작했다. 말이 너무 빨라 다 이해하지는 못했지만 내가 하는 말을 설명하고 있다는 건 알 수 있었다. 차림새를 보니 떠돌아다니는 상인이었다. 쿤구는 알겠다며 고개를 끄덕여서, 내버려두면 몇 시간이고 떠들어댈 것 같은 그 사람을 보냈다.

"그게 무슨 소용이에요?"

"벌을 주는 거지."

"벌을 준다고 죄가 없어지지는 않잖아요. 자기가 어떤 죄를 지은 사람인지 모르는 사람 틈에 가서 살면 그만이고요. 하지만 얼굴에 새긴 죄는 없어지지 않아요. 누구나 그 사람이 어떤 죄를 지었는지 아니까 그 사람에 대해서는 뭘 조심하면 되는지 알 수 있죠."

나는 죽을 때까지 절대 다시는 가지 않을 지역이 있다. 그곳에 대해서는 아무런 일지도 남기지 않았으며 어떤 여행가에게도 이야기한 적이 없다. 그러니까 그 일은 아무도 모르는 일이다. 나는 다시 형장으로 시선을 돌렸다. 그리고 어떤 사실을 깨달았다.

"죄를 새기는 사람들도 얼굴에 문신이 있어."

"아, 그건 잘못 새긴 걸 기록한 거예요."

쿤구가 대수롭지 않다는 듯 말했다.

"잘못 새기면 어떻게 되는데?"

"잘못 새긴 기록을 잘못 새긴 사람의 몸에 새겨요."

"아니, 잘못 새긴 일을 당한 사람…… 그러니까……."

시간이 오래 걸리긴 했지만 이번에는 다른 사람의 도움을 받지 않고 내가 하고 싶은 이야기를 하는 데 성공했다.

"죄가 없는데 죄가 새겨진 사람 말이야. 그 사람은 그 흔적을 어떻게 지우지?"

쿤구는 앉아 있는 사람들을 살피더니 그중 한 사람을 손으로 가리켰다. 나는 그 사람을 보았다. 검은 피부에 하얀색 글자를 새겼다가 다시 검은색으로 메운 흔적이 보였다.

해가 지자 죄를 새기는 사람들은 동시에 바늘을 내려놓고 퇴장했다. 덜 새겨진 사람은 반항하는 기미조차 없이 몸에 익은 체념으로 기다리는 사람들 무리로 돌아갔다. 나는 경비병이 교대하는 것까지 보고 숙소로 돌아왔다.

"오늘 어떠셨어요?"

세이라가 조심스레 물었다. 온종일 행여나 오빠가 실수를 했을까 봐 노심초사한 얼굴이었다. 오빠를 계속 안내인으로 쓸지, 혹시 내가 그만 쓰겠다고 하면 어쩌나 염려하고 있었다. 그 애의 새까만 얼굴에는 어떤 흔적도 없었다. 하루 종일 얼굴에 죄를 새긴 사람들만 보고 돌아다닌 터라 그 얼굴이 반갑기 이를 데 없었다.

"즐거웠어."

"다행이네요!"

세이라가 검은 피부 아래 하얀 이를 활짝 드러내며 웃었다.

"넌 아주 착한 아이구나."

나는 발을 씻겨 주는 그 애의 정수리를 내려다보며 말했다.

"제일 먼저 얼굴에, 그 다음에 손등, 팔, 어깨, 다리 순으로 새긴다면서? 넌 지금까지 아무 죄도 짓지 않았구나."

혹은 지었어도 걸린 적이 없거나. 나는 속으로만 중얼거렸다. 세이라는 급속히 우울해했다.

"그래서 결혼하기가 힘들어요."

"왜?"

나는 놀라서 물었다. 죄를 지은 적이 없는데, 그게 왜 결혼을 하기 힘든 이유가 된단 말인가?

"제가 어떤 사람이 될지 모르니까요. 이 여관도 제가 어릴 때부터 일해 왔던 곳이 아니면 절 쓰지 않았을 거예요."

나는 가까스로 세이라의 말뜻을 이해하고 확인차 물었다.

"네가 장차 어떤 죄를 짓게 될지 모르기 때문에, 너랑 결혼하려는 사람이 없다는 이야기니?"

세이라는 고개를 끄덕였다.

"저랑 결혼하고 싶더라도 부모가 반대하니까요. 오빠는 아무 죄나 빨리 하나 지으라고 해요. 가벼운 걸로요. 사람은 다른 사람을 볼 때 제일 먼저 얼굴을 보게 되잖아요. 같이 있다 보면 손도 많이 보게 되고요. 그러니까 얼굴이랑 손에 새겨질 죄로 가벼운 걸 지으라는 거죠. 그럼 그 뒤에는 무거운 죄를 지어도 가릴 수 있는 팔이나 어깨에 새겨지게 되니까. 오빠 자기가 정말 바보 같았다고, 첫 죄가 도둑질이었기 때문에, 이마에 도둑질을 했다고 새겨져 있으니까, 아무 데서도 오빠를 쓰려고 하지 않거든요. 오빠 일을 구하기가 어려워요. 하지만 저도 마찬가지예요. 주인 아주머니는 제가 이 여관을 나가면 일할 곳을 찾기 어렵다는 걸 알아요. 전 어떤 죄를 지을지 모르는 아이니까요. 가장 무서운 아이니까요. 그래서 일하는 게 마음에 안 들면 때리기도 해요. 그래도 어쩔 수 없죠."

그 애는 내 발을 들어 수건으로 정성껏 닦더니 대야를 가지고 나갔다가 음식을 가지고 돌아왔다.

"내가 너에게 시킬 일이 있다면 어떨까?"

왜 그런 말을 했는지 모르겠다. 다른 일자리를 찾을 수가 없어서 주인이 때려도 아무 말 못하는 게 가여워서였는지, 아니면 왜 죄를 짓지 않은 아이가 가장 믿을 수 없는 아이인지 이해가 가지 않아서였는지, 그저 이 아이가 예뻐서였는지 모르겠다. 나는 세이라와 좀 더 이야기를 하고 싶었다. 나는 그 애에게 주인에게 건넬 돈을 얼마간 쥐어 주고 내가 시킬 일이 있다고 한다고 말하라 했다. 세이라는 밝은 얼굴로 뛰어갔다 돌아왔다.

"너도 먹겠니?"

세이라는 깜짝 놀라 머리를 휘저었다. 나는 더 이상 권하지 않았다. 딱히 이어갈 이야기가 없었다. 금세 내가 내린 결정을 후회했다. 어색한 침묵이 이어졌다.

"결혼하고 싶은 사람은 있니?"

가까스로 생각해낸 게 고작 이런 말이었다. 세이라의 두 뺨이 붉게 달아올랐다. 나는 알맞은 질문을 했다는 것에 안도했다.

"아직 그이가 부모님께 말씀을 못 드렸어요. 보다시피 제 얼굴에 아무것도 없어서요. 오빠가 절 위해 암송아지를 한 마리 사주겠다고 약속했어요. 암송아지가 한 마리 있다면, 그이 부모님도 절 받아주실 거예요."

그 애의 피부보다 까만 눈동자가 반짝거렸다.

"까맣고 볼이 통통한 예쁜 아기를 낳고 싶어요. 그이와 한 집에서 송아지가 암소가 되도록 잘 키우면서 살고 싶어요. 아기도 너무 험한 죄는 짓지 않도록 잘 키우고 싶어요."

"왜 죄를 짓지 않지?"

세이라는 무겁고 긴 한숨을 내쉬었다.

"얼굴에 바늘이 꽂히는 게 무서워서요. 오빠는 별거 아니라는데 저는 겁이 나요."

그 애는 내 옆으로 조금 가까이 앉았다.

"손님이 부러워요. 저도 자유롭게 여행하고 싶어요. 하지만 남편도 아이도 없다면 너무 외로울 것 같아요."

이제 그만 내보내도 될 때가 된 것 같아 가보라고 했다. 세이라는 내가 준 동전을 받고 순수하게 기뻐하며 나갔다. 티 없이 맑은 웃음을 보자 가슴 한켠이 저려왔다.

나는 자유롭다. 어디든 내가 가고 싶은 곳으로 간다. 아무도 내게 어디에 가라고, 어디에 가지 말라고 이야기하지 않는다. 나는 떠나고 싶으면 떠나고, 머물고 싶으면 머문다.

나는 자유롭지 않다. 아무 곳이나 갈 수는 없다. 나는 아주 독특한 곳을 찾아가서 그곳의 풍경을 적어 영주에게 보낸다. 영주는 자기가 거느리고 있는 여행가들이 보낸 이야기를 읽고, 다른 영주와 이야기하며 시간을 보낸다. 영주들은 자기 여행가가 얼마나 특이한 곳을 다녀왔는지, 듣도 보도 못한 신기한 풍물은 뭐가 있는지를 자랑하고 시기하고 경쟁한다. 더 험한 곳, 더 먼 곳을 다녀올수록, 그 이야기를 그럴싸하게 적어낼수록 더 많은 보수를 받을 수 있다. 나는 지금까지 여행가들이 여행을 다닌 이래 누구보다도 더 멀리 있는 놀라운 곳을 다녀왔는데도 글솜씨가 없어 돈을 얼마 못 받은 여행가를 알고 있다.

나는 자유롭다. 먼 곳을 여행하는 건 단지 돈 때문만이 아니다. 내가 그걸 좋아한다. 나는 내가 가고 싶은 곳으로 간다.

나는 자유롭지 않다. 돈이 떨어지면 어디든 가야 한다. 어떤 이야기든 써내야 한다.

이곳까지 온 여행가는 내가 처음이라고 했다. 게다가 이곳 풍속은 아주 특이하다. 내 글솜씨는 나쁘지 않다. 나는 이번 여행기로 제법 돈을 받을 수 있을 것이다. 그럼 또 새로운 곳을 향할 수 있게 된다. 혹은 그저 어디서든 잠시 쉬거나.

여행을 다니다 보면 간절히 돌아가고 싶은 순간이 있다. 돌아갈 곳이 없는데도, 어디든 돌아갈 곳에 대한 그리움이 몰려올 때가 있는 것이다.

세이라는 결혼해서 예쁜 아이를 낳고 싶다고 말한 직후에 자유롭게 여행하는 내가 부럽다고 말했다. 그리곤 외로울 거라고 덧붙였다.

사람은 정착해서는 떠남을 갈망하고, 떠나면 정착을 갈망한다. 때로 그 욕망에 심한 불균형이 있는 사람, 정착하지 못하는 사람들이 있다. 그런 사람들은 나처럼 여행가가 된다.

세이라는 아이를 낳고 싶다고 했다. 나는 아이를 낳을 수 있을까? 아이를 가질 수 있는 시간이 얼마 남지 않았다.

한때는 내게도 남자들이 따랐다. 오래전 내 머리가 모두 짙은 색이었을 때, 여행가라는 특이한 직업에 끌리는 남자들이 있었다. 그들은 자신의 속에 있는 떠나고자 하는 갈망을, 바람 냄새가 나는 여자를 사랑하는 것으로 풀었다. 청혼을 한 남자들도 있었다.

우리 여행가들은 종종 우릴 사랑하는 사람들을 이용했다. 그들의 집에 머물렀고, 그들의 안내를 받고, 그들이 주는 음식을 먹었다. 그리고 그들이 청혼을 하면 새벽에 짐을 싸서 아무도 모르게 떠난다. 언제든 달아날 수 있도록 우리 짐은 늘 간소하다.

영주들의 예상 혹은 바람과 달리 여행가들은 서로 경쟁자가 아니다. 영주가 우리가 보낸 여행기로 뭘 하든 간에, 우린 만나면 정보를 공유하고 그저 이야기를 나눈다. 뻔한 질문을 하지 않는 사람들, 동지들. 우린 서로 낄낄거리며 두고 도망쳐 온 남자 혹은 여자에 대해 이야기한다. 얼마나 극적으로 도망쳤는지 자랑스럽게 떠벌린다. 하지만 어떤 순간에도 우린 도둑질은 하지 않는다. 떠날 때는 가져온 물건 외에는 아무것도 건드리지 않는다. 여행가들 사이의 불문율이며 최소한의 예의다.

나는 나도 모르는 사이에 내 얼굴에 새겨질 죄가 무엇일지 찾아보고 있다는 걸 깨닫는다. 그리고 마침내 기억해낸다. 나는 불문율을 깨고 도둑질을 한 적이 있다. 나는 내 이마에 도둑질이라고 쓴다. 나는 거짓말을 한 적도 있다. 그건 셀 수가 없다. 어느새 얼굴과 손이 죄로 가득 찬다.

나는 도둑질과 거짓말보다 더 나쁜 짓은 하지 않았다는 생각에
안도하다가 내가 사람을 때린 적이 있다는 걸 기억해냈다. 나는
쓴웃음을 지으며 종이를 펼쳤다.

　이곳의 형벌은 무척 흥미롭습니다. 죄를 지은 사람들은 모두 죄가
몸에 새겨질 때까지는 형장을 한 걸음도 떠날 수 없습니다. 문신은 모
두 죄를 지어 잡혀온 순서대로 기록됩니다. 때문에 아주 사소한 거짓말
이나 말다툼을 했을 뿐인데도 한 달이고 두 달이고 죄가 새겨지길 기다
리며 아무것도 못하고 묶여 있을 수도 있습니다. 음식을 가져다줄 가족
이 없거나, 가족이 있어도 가난해서 먹을 걸 가져다주지 못하고 옆 사
람에게 얻어먹지도 못하면 그 자리에서 굶어죽게 됩니다.

　글을 쓰다 붓을 멈췄다. 내가 쓰는 내용을 어디선가 본 듯한 기
분이 들었다. 이곳의 형벌이 낯설지 않았다. 마침내 나는 오래전,
서고에서 본 여행기를 기억해냈다. 불쾌한 일이었다. 세이라를 불
러 정말 다른 여행가가 온 적이 없는지 물어볼까 했지만, 방문을
열어보고 그만뒀다. 복도는 어두웠고 이미 모두 잠자리에 들었다.
나무로 된 창문을 밀어 열었다. 달빛과 별빛만이 마을을 비출 뿐,
불이 켜져 있는 곳은 보이지 않았다. 내일 아침까지 기다려야 할
것 같았다.
　마음이 심란해서 잠자리에 들 수가 없었다. 분명히 이와 유사한

형벌이 있는 곳에 대해 여행기를 쓴 여행가가 있었다. 오래도록 뒤척인 끝에 나는 그 내용을 기억해내는 데 성공했다.

나는 자리에서 일어나 아끼던 담배에 불을 붙였다. 이대로 여행기를 영주에게 보내도 되는 것일까? 다른 여행가가 여행한 곳을 가는 것은 괜찮다. 아무도 가지 말라고 정한 것은 아니니까. 하지만 이미 누군가가 탐사하고 쓴 곳을 또 써서 영주에게 보내는 것은 문제를 일으킬 수 있다.

오래전 시간이 날 때마다 서고를 드나들며 마침내 여행가가 되기로 마음먹었을 때, 서고를 지키던 은퇴한 여행가가 내게 말했다.

"어린아이들은 서고에서 영주가 싫증 나 내버린 여행기를 읽으며 미지의 세계에 대한 동경을 품곤 해. 그리고 여행가가 되기를 갈망하지. 하지만 아이야……."

나는 그때 내가 아이라 불릴 때는 지났다고 생각했다. 그도 그걸 모르고 날 아이라 부른 건 아니었고, 그 점 때문에 더 기분이 나빴다.

"세계에 대한 호기심을 유지하고 싶다면, 너무 많은 여행기는 읽지 말도록 하렴."

그래서 늙은이들은 죽어야 하는 거지. 나는 그를 보며 생각했다. 몇 가지를 보고 겪은 것만으로 세상 모든 것을 다 아는 양 굴다니. 노쇠한 자들, 신비를 잃은 자들.

그때 내가 뭐라고 대꾸했더라? "그래서 당신은 이곳에 주저앉아

서고나 지키고 있는 거군요." 했던가?

지금이라면 그렇게 무례하게 대답하지는 않을 것이다. 그래, 지금이라면……. 여행할 곳이 줄어들고 있다. 여행기를 쓰기 위해서는 더 먼 곳으로 가지 않으면 안 된다. 이미 오래전부터 아무도 여행기를 쓰지 않은 곳은 없다고들 말해 왔다. 하지만 세상은 변한다. 어떤 곳은 10년 전 여행가가 찾아갔던 곳과 완전히 다른 곳이 되기도 한다. 그럼 여행기를 쓸 수 있다.

그후 오랜 세월이 흘렀고 많은 곳을 돌아다녔고 그때 그 여행가만큼 나이가 든 지금도 세상은 내게 여전히 신비로 가득 차 있다. 이미 다른 이가 걸었던 길이라 해도 달라지지 않는다.

오래도록 심사숙고한 끝에 내가 읽었던 여행가가 온 곳은 이곳이 아니라는 결론을 내렸다. 유사한 면도 있지만 다른 면이 더 많았다. 그 지역의 형벌이 조금씩 퍼지다 이곳까지 와 이곳에 어울리는 형태로 정착했을 수도 있다. 여행기들을 보다 보면 그런 흔적들을 찾을 수 있다. 강대한 제국, 커다란 도시의 제도는 작은 곳들에 영향을 미친다. 시간이 흐르면 특유의 방식대로 변형되며 정착된다.

나는 곰방대를 품속에 갈무리하고 이부자리에 몸을 뉘였다. 좀처럼 잠이 들지 않았다. 세이라의 까맣고 고운 얼굴이 눈앞을 어지럽혔다.

너무 착해서, 혹은 그저 형벌이 두려워서 열여섯이 되도록 사소한 죄 한 번 지어본 적 없는 아이는 바로 그 사실 때문에 결혼을 하지 못하고 있다. 그게 가능한 걸까?

나는 열여섯까지 내 삶을 돌이켜 본다. 내가 첫 여행을 떠난 게 정확히 열여섯 살 때이다. 그전에 나는 무수히 많은 거짓말을 했고, 이웃의 밭에서 감자를 훔쳐 먹었고, 돌을 던져 동네 친구 머리에서 피가 철철 흐르게 한 적도 있었다. 나는 내 몸에 새겨질 죄의 목록을 추가한다. 온몸을 다 써도 모자랄 것만 같다.


나는 세이라를 데리고 우시장을 구경 갔다. 세이라가 떠나기 전 반드시 보고 가야 할 큰 시장이라고 몇 번이고 강조했기 때문이었다. 가는 길에 세이라에게 이곳의 형벌이 언제, 어디에서부터 유래되었는지 물었지만, 세이라는 내 질문을 이해하지 못했다. 쿤구도 열심히 설명했지만 모두 내 질문의 의도와는 다른 대답이었다. 나는 그만 포기하고 시장 풍경에 집중했다. 수백 마리의 모래색 소들이 웅성였다. 똥 냄새가 진동했다. 소 주인들이 소를 어르고 값을 흥정했다. 나는 아무런 감흥도 받지 못했다. 이런 건 많이 봤다. 나는 쿤구에게 송아지를 살 돈이 얼마나 더 필요하냐고 물었다. 쿤구가 숫자를 말했다. 보태주고 싶었지만, 돌아갈 길이 멀기 때문에, 무엇보다 그런 돈을 쉽게 꺼냈다가는 무슨 일이 생길지 모르는지라, 그저 그간의 호의에 인심 후하게 보답하는 정도의 돈만 건넸다. 쿤구는 기대하지 못한 호의에 기뻐했다. 며칠 전 그 애가 마을을 안내하고 돌아오던 날, 강가에서 몸을 씻을 때 나는 그 애의 등에 있는 강탈이라는 글자를 알아봤었다. 확실히 이 형벌은 누구를 얼마나 믿을지 판별하는 데 도움이 된다.

나는 쿤구와 세이라, 세이라의 애인이 배웅하는 가운데 도시를 떠났다. '방화'라는 말을 이마에 새긴 청년은 나를 보며 맑은 웃음을 지었다. 나는 두 사람이 곧 결혼할 수 있기를 바란다는 말로 작별인사를 대신했다. 청년은 조만간 세이라가 적당한 죄를 지을 수 있게 할 거라고 말했다. 세이라는 그의 어깨 아래에서 수줍게 웃었다.

도시를 떠나는 상인이 나를 불렀다. 나는 뒤돌아서며 세이라의 애인만큼 맑게 웃던 내 마지막 애인을 생각했다. 나는 그와 일 년을 함께 살았다. 여행가가 된 이래 제일 오래 머물렀던 기간이었다. 그는 나와 함께하는 삶을 꿈꾼다고 했다. 나도 그러길 바란다 대답하고, 새벽에 짐을 꾸렸다. 그리고 문간에서 그와 마주쳤다. 그는 전날 친구 일을 도와주고 그 집에서 자고 점심때나 돌아오겠다고 했었다. 그는 내 얼굴을, 등에 진 짐을 보았다. 그는 내가 떠날 줄 몰랐다. 나는 그가 그날 왜 일찍 돌아왔는지 모른다. 그건 길에서 살고 길에서 죽는 고독한 삶에서 벗어나, 사랑하는 이와 나를 닮은 생명을 품에 안아볼 수도 있었던 마지막 기회였다.

적어도 그런 식으로 도망치지는 말았어야 했다. 그가 납득하든 못하든 내 결정을 설명하고, 제대로 된 인사를 하고 떠났어야 했다. 그는 내가 마지막으로 머물렀던 남자는 아니지만, 지나온 내 길에서 유일하게 진심으로 마음을 준 이였다. 나는 그에게 그러마 대답하기 전에 내가 지은 죄들을 곱씹었다. 그간 저질러 온 죄를 새길 곳을 더듬으며, 그 죄는 다른 많은 죄에 덮여 그 누구도 결코 볼 수 없는 곳에 감춰져 있기를 바랐다.

# 여행가

켈시아에 돌아온 건 근 3년 만이었다. 얼핏 보기에는 거의 달라진 게 없었다. 거리에는 시야를 가릴 만큼 먼지가 날렸고, 수레를 끄는 노새와 말, 소가 길을 장악해 꼬리로 파리를 쫓으며 똥을 갈겼다.

영주의 관저로 가려면 시장을 통과해야 했다. 시장에 들어가 단골 상인들을 찾았지만 쉬이 눈에 띄지 않았고, 낯선 억양을 쓰는 자들이 그 자리를 대신하고 있었다. 켈시아는 돌아올 때마다 인구가 늘었다. 영주를 만나고 돌아와 다시 찾으리라 생각하고 발걸음을 빨리 했다.

시장 가운데에 만두와 꿩고기, 말고기 따위를 꼬치에 끼워 파는 커다란 가게가 눈에 띄었다. 전에는 작은 노점상이 각각 팔았는데, 이젠 크고 깨끗한 가게 안에서 모여 팔았다. 손님은 원하는 음식을 고른 후 가게 가운데 있는 탁자에 앉아 먹었다. 못 보던 풍경이었다. 그 옆에서는 도자기 상인, 옷감 상인 등이 목이 터져라 손님을 끌었다.

걸으며 상인들이 외치는 가격에 귀를 기울였다. 3년 사이에 터무니없이 값이 올랐다. 내가 잘못 들은 게 아니라면 수중에 있는 돈으로는 종이를 사기는커녕 밥 한 끼도 제대로 먹기 어려울 터였다. 물가가 오른 만큼 인심도 흉흉해졌는지, 상인과 손님의 흥정에서 과한 열기가 감돌았다.

애써 불안한 마음을 다독였다. 영주의 관저에 가면 그간 보낸 여행기 값을 받을 수 있을 것이다. 그럼 여행가들의 숙소인 '사막의 별'에 가는 거다. 20년이 넘도록 수많은 곳을 떠돌았지만 어디서도 사막의 별만큼 근사한 맥주는 맛보지 못했다.

처음 여행을 떠나던 날 다른 여행가들의 축복과 장난 섞인 야유 속에 무뚝뚝한 주인이 따라주는 맥주를 마셨다. 켈시아에 돌아올 때마다 영주가 주는 돈보다 그리운 게 사막의 별 맥주였다. 맥주만큼 별미인 소시지 구이를 생각하니 벌써부터 입에 군침이 돌았다. 주인이 지금도 그대로일지도 궁금했다. 여관 주인은 내가 첫 여행을 떠날 때 벌써 허리가 반으로 굽어 있었다. 늘 똑같은 머릿수건을 둘렀고, 삐쩍 마른 몸으로 힘겹게 맥주를 날랐다. 이후 몇 년에 한 번씩 들를 때마다 한결같은 모습으로 그 자리에 있었다. 구부정한 허리에 머릿수건도 변함없었다.

나보다 먼저 여행을 시작한 이들이 말하길 자기들이 처음 왔을 때도 지금 모습이었다고 했다. 아무도 여관 주인의 나이를 몰랐다. 우린 어떻게 해서든 여관 주인의 나이를 알아내려고 했지만 여관 주인은 요지부동이었다.

나는 여행가다. 여행가는 먼 곳을 돌아다니며 그곳의 풍물을 기록해서 후원하는 영주에게 보낸다. 영주는 여행가의 여행기를 읽고, 다른 영주들과 서로 자기가 읽은 이야기가 더 흥미롭다고 경쟁하며 여가를 보낸다. 내 후원가는 켈시아의 영주였다. 영주를 직접 만나본 적은 없었다. 나와 이야기하고, 돈을 지불하는 건 하녀장이었다.

나는 영주의 저택 뒷문을 두드렸다. 문지기가 나오자 여행가가 영주님을 찾아왔노라 말했다. 문지기는 알겠다고 말하고 도로 문을 닫았다.

문 앞에서 한 시간이 넘게 기다려서야 문이 다시 열리고 하녀장이 나타났다. 하녀장은 문을 가로막고 날 들여보내지 않았다. 보통 이렇게까지 푸대접을 하진 않았다. 오늘 저택에 무슨 일이라도 있어서 저러려니, 꾹 참고 머리를 조아리며 그간 보낸 여행기 값을 받으러 왔다 말했다.

"이거 참…… 내 입장이 아주 난처하게 됐어."

하녀장이 유독 붉게 칠한 입술을 쩝쩝거렸다.

"영주님께서 자네 여행기에 만족하지 못하셨다네."

"그게 무슨 말씀이신지……."

"그러게 말일세."

하녀장이 냉담하게 말했다. 무릎이 떨리고 정신이 아득해졌다. 수중에 있는 돈이라곤 동전 몇 개가 전부였다.

"전 여러 영주님을 섬겼습니다. 대부분 제 여행기를 흡족히 읽으셨고…… 올해로 영주님의 후원을 받은 지 10년째인데……."

"글쎄, 옛날에야 어땠는지 모르겠지만, 자네 여행기는…… 이거 참, 이런 말 하기 나도 쉽지 않네만…… 고루해. 영주님, 영주님의 부군, 아가씨, 친척들 할 것 없이 모두 읽다 던져버리셨네."

나는 더듬거리며, 3년간 성실하게 여행기를 써서 보내지 않았느냐고, 적어도 그간 보낸 여행기 값은 치러야 하지 않느냐고 말했다.

"3년간 고작 그런 이야기를 보내놓고, 날더러 어쩌란 말인가?"

문이 닫혔다. 손을 들었지만 다시 두드릴 용기가 나지 않았다. 더 말해봐야 더한 모욕이나 당하지 않으면 다행이었다. 이 정도로 심한 모욕까지는 아니었더라도 처음 겪는 일은 아니었으며, 많은 여행가들이 겪었고, 앞으로도 겪을 일이었다. 억울하다 하소연할 곳도, 우리 처지에 귀를 기울이는 사람도 없었다.

빈손으로 차마 발걸음을 돌리지도 다시 두드리지도 못하며 나는 한참을 망연자실하게 닫힌 문 앞에 서 있었다. 여행가가 되어 첫 길을 떠난 이래 갈 곳을 정해 놨던 적은 없지만 이렇게 암담했던 적도 없었다. 당장 어째야 한단 말인가.

"여행가죠?"

유독 피부가 뽀얀 젊은이가 다가와 불쑥 말을 걸었다.

"저 영주가 쫓아낸 여행가가 당신 하나가 아니지……."

그는 안됐다는 듯 혀를 찼지만 가식적이었다. 이어 마치 나와 동류라는 듯 어깨를 맞댔다. 역시 계산된 몸짓이었다.

"요즘 영주들은 여행기로만은 만족 못해요. 이야기꾼이 재미있게 들려줘야 하죠. 어떤 이야기꾼이 말하느냐에 따라 같은 이야기도 완전히 달라진다니까요."

나는 그가 내게 뭘 바라는지 알 수 없었고, 문전박대당하는 걸 본 사람이 있다는 게 모멸스러웠다.

자기 의도를 알아듣지 못하자 젊은이는 답답했는지 곧이어 본론으로 들어갔다. 조금씩 친절한 양 굴던 태도는 사라지고 본색이 드러났다.

"앞으로 여행기를 내게 넘기면, 내가 값을 쳐드리겠다 그 말이에요."

"얼마나……?"

"하녀장이 내 이모예요. 내가 읽겠다고 하면 받아줄 거고……."

잠시 변죽을 떤 젊은이의 입에서 가격이 나왔다. 내가 지금까지 받아 온 돈의 3할이 채 되지 않았다.

"그럼 내 이름은? 내 여행기는?"

"뭐, 저라고 다른 사람이 쓴 여행기를 제 것인 양 읽는 게 마음 편하겠어요? 그래도 어쩌겠어요, 영주님은 제가 써 왔다고 해야 좋아하시니……."

직접 여행하지도 않은 자가 자기 것인 양 여행기를 읽겠다고? 비로소 감이 왔다. 내가 찾아오자 하녀장이 조카를 불렀다. 문 앞에서 날 쫓아낸 것부터 계획된 일이었다.

여행가가 받는 돈이라야 가장 싼 음식으로 연명하고 수시로 노숙을 하며 삶을 이어가는 정도밖에 되지 않았다. 그런데 그 여행기를, 영주 앞에서 대신 읽어 준다는 이유로 강탈하겠다는 말인가? 여행기를 쓴 이름조차 남기지 않고? 나는 더 이상 말을 섞지 않고 돌아섰다.

"마음이 바뀌면, '요정이 머무는 곳'에 와서 사와나를 찾으쇼!"

젊은이가 뒤에서 소리쳤다. 돌아보지 않고 걸었다. 머리가 뎅뎅 울려 아무 생각도 할 수 없었다. 나는 어느 틈에 혼잡한 시장에서 사람들에게 치이고 있었다. 더 걸을 기력이 없어 시장 구석에 쪼그렸다. 눈앞이 아득했다.

누군가 내 어깨를 두드렸다. 자라 보고 놀란 가슴 솥뚜껑 보고 놀란다고 지레 놀라 고개를 들었다. 흰 수염이 성성한 노인이 날 보며 함박웃음을 짓고 있었다.

"멜!"

나는 벌떡 일어나 멜을 끌어안았다. 멜도 마주 안았다.

"혹시나 했더니 자네가 맞았군. 영주를 뵈러 온 건가?"

"여행기 값을 지불하지 않겠다더군."

나는 참담하게 말했다. 멜의 몸이 굳었다. 그는 말없이 내 등을 다독였다. 여행가에겐 길게 설명할 필요가 없었다. 문득 그의 손에서 전에 본 적이 없는 물건이 보였다.

"뭐지, 지금 당신 손에 있는 그것, 지팡이인가?"

멜이 껄껄 웃었다.

"자네는 영영 짚을 일이 없을 것 같은가? 흰머리가 부쩍 늘었는데? 자네도 머지않았어."

"난 없을 거야."

나는 부러 당당하게 말했다. 후원가에게 쫓겨나고 수중에 돈도 없는데 늙을 앞날까지 걱정하고 싶지 않았다.

멜은 사막의 별로 가서 맥주와 음식을 사주었다. 여행가들끼리는 체면 차릴 필요가 없다. 나는 감사히 그의 호의를 받아들였다. 여관 주인은 3년 전처럼 구부정한 허리로 맥주 두 잔을 가져다 놓았다. 맥주 맛도 주인도 예전과 같았다.

"하녀장도 젊은 시절 한때나마 여행가였다지. 여행가의 삶을 알면서 어떻게 값도 치르지 않고 쫓아낸단 말인가?"

"자네도 알다시피 여행가에는 두 종류가 있다네."

멜이 말했다. 나는 쓰게 웃었다. 여행가에는 두 부류가 있다. 머물 수 없는 자들, 여행이 선택이 아닌 천형인 자들, 떠돌지 않으면 살 수 없는 자들이 있다. 차마 여행가라 부르고 싶지 않은 다른 부류는 가까운 곳을 돌며 시간을 때우다 그럴싸한 이야기를 지어내거나, 다른 여행가에게 들은 이야기를 제 것인 양 옮겨 영주 앞에서 아양을 떨어서 영주의 집에서 시종으로 눌러앉는 자들이다.

나는 하녀장의 조카라는 사와나를 만난 이야기를 했다.

"털어봐야 먼지밖에 안 나온다고 강도들도 안 건드리는 게 여행가인데! 어떻게 여행가에게…… 대신 읊어준다는 이유로……!"

멜은 이런 이야기를 듣는 게 처음이 아니라는 듯 물었다.

"대도시에 오는 게 오랜만이지?"

"3년 만이라네."

"많은 게 달라졌어."

"그래, 요즘 영주들은 여행기를 읽는 것만으로 만족하지 못한다더군."

"예전엔 늙어 눈이 침침해진 영주들이나 시종이 읽는 여행기를 들었지. 요즘은 달라. 이야기꾼이 여행기를 맛깔나게 읽는 사이사이에 무희가 춤을 추고, 광대가 재주를 부린다네. 무희와 광대들이 등장할 만한 여행기를 써야 해. 그런 식으로 여행기를 감상하기 시작한 건 부유한 상인들이라네. 영주처럼 보이려고 여행가를 후원해 여행기를 받아 놓고 읽기는 싫었나 보이. 처음엔 그런 유희를 천박하다 비웃던 영주들도 어느새 물들더군."

"그런 게 쓰려 한다고 쓸 수 있다는 말인가? 설마, 그렇게 여행기를 쓰는 자들이 있단 소리야? 사와나에게 여행기를, 그 값에 파는 여행가가?"

멜이 깊은 이해를 담은 눈으로 날 바라보았다. 나는 허탈하게 고개를 숙였다. 나도 유혹을 느꼈다. 목구멍이 포도청이다.

"하지만…… 그래도 그런 지역을 어디서 찾는단 말인가?"

"사와나가 이야기를 고치는 재주가 있다더군."

"여행가는 기록하는 자이지, 왜곡하는 자가 아니야!"

나는 항변했다. 멜은 대답 대신 맥주를 넘겼다.

"자네, 대도시는 정말 오랜만인가 보이."

"너무 오래 떠돌았나 봐."

여관 주인이 우리 탁자에 김이 모락모락 나는 감자를 가져왔다.

"주문한 게 아닌데……."

"와줘서 고마워 주는 거니 먹어. 더 주고 싶어도 못 줄 테니."

주인은 툭 말을 던지고 가버렸다. 나는 감자를 집어 후후 불었다. 멜을 만난 데다가 생전 공짜 음식을 낸 적 없던 주인이 주는 감자까지 받다니 아주 불운한 날은 아니려나 보았다. 멜은 내가 다시는 못 먹을 음식처럼 감자를 먹는 걸 보더니 말했다.

"자네, 요정이 머무는 곳은 하룻밤에 얼만지 아나?"

"맛시몬타에서도 같은 이름의 여관을 봤네. 두 개나 있는데 하나 더 짓더군. 얼마였는지 정확히 기억은 안 나는데, 눈 튀어나오게 비싸 도저히 들어갈 엄두가 안 났어. 몇몇 집에 값을 지불할 테니 머물게 해달라고 청했는데, 영주가 일반 집에 사람을 받는 걸 금지시켰고 걸릴 경우 엄벌에 처한다는 거야. 여름이라 다행이었지. 그냥 노숙했어."

"여긴 얼만지 아나?"

멜이 수수께끼 같은 눈빛을 던졌다.

"글쎄, 비슷하지 않겠나."

멜이 가격을 말했다. 사막의 별 반값이었다.

"그렇게 싼데 왜 여길 데려왔나? 자네 후원가가 짠돌이라는 건 세상이 다 아는데……."

"모르긴 몰라도, 맛시몬타에 있던 여관도 처음엔 쌌을 거야."

오랜만에 마시는 맥주에 취했는지, 멜이 말을 빙빙 돌려서인지, 그가 무슨 말을 하려는지 도통 알 수가 없었다.

"처음에는 일부러 싼 가격을 내걸지. 다른 여관들이 객을 잃고 못 버텨 다 문을 닫고 나면 가격을 올려. 그렇게 요정이 머무는 곳이 자리를 잡은 다음에 새로 여관을 내려는 자들은 영주에게 엄청난 세금을 내야 해."

"그게 무슨……."

"요정이 머무는 곳은 작은 곳도 객실이 50개가 넘고, 큰 곳은 200개 가까이 된다네. 누가 그런 엄청난 규모의 여관을 짓겠나. 부유한 상인들이 모여 돈을 대고 영주가 뒤를 봐주네."

"말도 안 돼!"

"사막의 별도 이 달 안에 정리한다는군."

가슴에 싸한 바람이 불었다. 나는 새삼스레 가게를 둘러보았다. 집이 없어지는 기분이었다.

"시장에 낯익은 상인들이 보이지 않더군. 설마……."

"여관만 가지고 장난치는 게 아니니까."

문득 한 자리에 다양한 음식을 놓고 팔던 곳이 눈앞을 스쳐갔다. 나는 멜에게 내가 본 곳을 이야기했다.

"자기 장사가 아니야. 영주에게 자릿세를 내야 해."

"자릿세야 원래도 걷지 않았나?"

"더 좋게 만들어주지 않았느냐며 서너 배는 비싸게 받는다더군. 거길 들어가거나, 떠나거나, 둘 중 하나라네."

입안에 남은 맥주 맛이 쓰디쓰게 느껴졌다.

"모두 미쳐가는군."

"미친 건 영주야. 돈독이 올랐어."

"멜!"

나는 둘레를 살폈다. 멜이 빙긋 웃었다.

"어차피 난 살 날도 얼마 남지 않았다네. 뭐가 무섭겠나."

"살 날이 얼마 안 남았으면 곱게 갈 생각을 해! 경을 치겠네."

"안주가 남았군."

멜은 맥주를 두 잔 추가했다. 이 이상 얻어먹으면 실례였다. 여행가들은 서로 주머니 사정을 알았다. 멜이 내 마음을 눈치챈 듯 얼굴 가득 주름을 만들며 웃었다.

"언제 또 이런 날이 오겠나, 마시게."

내가 초보 여행가였을 때, 멜은 이미 중년이었다. 나는 중년이
되었고, 멜은 늙었다. 우리가 만나는 건 오늘이 마지막일 수도 있
었다.

"우리가 몇 번이나 만났지?"

나는 멜에게 물었다.

"글쎄…… 여섯 번? 일곱 번? 과거를 회상하는 걸 보니 자네도
늙어가는군."

"그 늙는다는 소리 좀 하지 마."

나는 웃으며 새 맥주를 받았다. 그가 내게 우정을 보인 만큼, 나
도 그걸 아낌없이 받기로 했다. 언젠가 나도 길에서 다른 여행가
에게 내가 받은 것을 주게 될 것이다. 그게 여행가의 방식이었다.

"나는 말이야……."

멜의 눈이 소년처럼 빛났다.

"가끔 세상 사람들이 다 글을 읽는 세상을 상상한다네."

"사람들이 어떻게 다 글을 읽겠나?"

"누가 아나. 세상은 변해. 언젠가 그런 날이 올지도 몰라. 그렇게
만 되면 여행가들이 더 이상 영주 개인의 후원에 기대어 살지 않
게 될지도 몰라."

"그럼 어떻게 살아?"

"보통 사람들, 글을 읽는 사람들이 우리 여행기를 읽는 거야. 그리고 우리에게 돈을 주는 거지."

"보통 사람들이 돈이 어딨다고."

"한 사람이 동전 하나씩만 줘도 천 사람이면 천 개 아닌가."

"천 개라…… 그걸 어떻게 들고 다니지?"

"흠…… 금화로 바꾸는 게야."

"아이쿠, 강도 무서워 어디 들고 다니겠나."

"호위를 쓰면 되지."

"호위들 이부자리에 식량까지 어찌 짊어지고 다니나?"

"마차를 한 대 빌리지."

"그럼 마차 값에 호위들 값까지…… 천 냥으로 되겠어?"

"그럼 오천 명이 내 여행기를 읽어 주면 되겠군."

"동전 오천 개라…… 아이쿠, 호위가 한 부대는 필요하겠네."

"한 부대를 꾸리면 되지."

"마차에, 호위 한 부대라…… 그게 여행인가?"

멜이 말문이 막혔다. 우린 마주 보고 웃었다.

"그렇군. 그건 여행이 아니지."

멜은 골똘히 생각에 잠겼다.

"또 뭘 생각하는 겐가?"

"더 좋은 걸 생각했다네. 동전을 받을 때마다 묻어 두는 게야. 그리고 어느 날 늙어 더 이상 여행을 할 수 없게 되면 돈을 파내

서 여행가를 위한 숙소를 짓는 게지. 방마다 질 좋은 양초를 구비해두고, 종이도 마음껏 쓰게 놔두고 말이야."

"꼭 짓게. 반드시 들르겠네."

"기다리겠네."

나는 입을 다물었다. 멜이 마지막 인사처럼 구는 게 갑자기 싫어졌다.

"오늘따라 왜 청승이야."

나는 부러 쌀쌀맞게 말했다.

"그런가……."

멜이 헛웃음을 지었다. 나는 그를 물끄러미 보다 말했다.

"내게 미안해 말게."

"뭘 말인가?"

"당신이 추천서를 써줄 만한 영주가 있었다면, 기꺼이 날 소개해줬을 거라는 걸 알아. 당신도 간신히 붙어 있지 않나. 괜히 그러면 내가 불편해."

"아닐세, 아니야, 난 그저……."

멜이 머쓱하게 웃었다. 나는 나이가 들어도 소년처럼 순수한 그가 좋았다. 처음 만난 날, 20년은 나이 차이가 나는데도 나이로 지고 들어가기 싫다고 대뜸 말을 놓은 나를 불쾌하게 여기기는커녕 그저 나라는 한 사람으로, 있는 그대로 기분 좋게 받아 주었다. 언젠가 늙을 수밖에 없다면 그처럼 늙고 싶었다.

"정말 갈 곳이 없어. 어디든 같아지고 있어. 단지 어딜 가도 같은 숙소가, 같은 식당이 있기 때문만이 아냐. 각 지역만의 고유한 색깔들, 다른 방식으로 살아가던 사람들의 삶이 비슷해지고 있어."

멜이 말했다.

"여행가의 시대가 저물어 가는지도 몰라. 우린 이제 불필요한 존재가 되는지도……."

나는 자조하며 말했다.

"아니야, 아니야, 난 절대 그렇게 생각하지 않아. 우린 다른 방식으로 살길을 찾아야 해. 왜 영주만 우리 여행기를 읽어야 하나?"

"멜!"

나는 다시 둘레를 살폈다. 멜은 아까 농담처럼 이야기한 것과 다르게 사뭇 진지하게 말하고 있었다.

"제발, 늙은 몸을 생각해서라도 입조심해."

여행기를 읽는 건 영주만의 특권이었다. 영주들은 싫증난 이야기를 선심 쓰듯 서가에 던졌고, 나처럼 서가에서 일하는 사람들만이 글을 배워 그 여행기를 읽을 수 있었다. 우린 낡은 여행기를 새 종이에 필사하고 간혹 서가에 돈을 지불할 수 있는 부유한 사람들이 찾아오면 읽어 주었다. 영주들이 여행기를 서가에 주는 건 다음 여행가를 키우기 위해서였다. 영주가 허가한 사람이나 부유한 사람들이 아니면 함부로 여행기를 듣거나 읽을 수 없었다.

멜은 보통 사람들에게 자기 여행담을 이야기했고, 그 일이 발각되어 광장에서 태형을 받았다. 나도 때로 날 재워 준 사람들에게 답례로 소소한 이야기를 한 적은 있다. 하지만 영주 코앞에서 그런 짓을 하진 않았다.

"여행가가 살아남는 다른 길이 있을 거야. 더 이상 세상에 알려지지 않은 곳은 없네. 하지만 여행가가 될 수밖에 없는 이들은 존재해. 이 삶은, 선택이 아니야."

"그래 그래, 자자, 오늘은 이만 마시는 게 좋겠어."

나는 멜을 부축해 침대로 데려갔다.

"어디로 갈 건가?"

멜이 물었다.

"어디로든 가겠지. 여행가가 언제 갈 곳을 정해 두고 움직이나."

"동쪽으로 가게."

멜이 침대에 누우며 말했다.

"밀운 강을 따라가는 거야…… 자네라면 내가 무슨 말을 하는지 알게 될 게야. 자넨 후원가를 잃은 게 아니야. 자넨…… 우리 여행가는……."

멜은 더 알아들을 수 없는 몇 마디 말을 중얼거리곤 잠이 들었다. 나도 짚을 깐 자리에 이불을 펼쳤다.

눈을 떴을 때 멜은 내 방값과 아침값까지 지불하고는 자취를 감추었다. 막연히 그러리라 예상했는데도 마음 깊은 곳이 찌르르

저려 왔다. 그리고 정말로 어젯밤이 멜을 보는 마지막이었을지도 모른다는 생각을 했다.

멜이 마련한 아침을 먹으며 앞으로 어떻게 해야 할지 고민했다. 하녀장을 찾아가서 하다못해 추천서라도 써달라고 할까? 달리 도리가 없지 않는가. 나는 한참을 고뇌하다 그 생각을 접었다. 굴욕을 무릅쓰고 비는 건 둘째 치고 조카와 짜고 여행가를 등쳐먹는 자가 추천서를 써줄 리 만무했다.

길을 떠나기 위해서는 새 후원가가 필요했다. 후원가를 찾아 나를 팔려면 대도시로 가야 했다. 나는 창문으로 바깥을 바라보았다. 서쪽으로 가면 크막이 나온다. 그곳이라면 여행가를 후원할 만한 부유한 상인들을 찾을 수 있을 것이다. 하지만 그자들은 사막의 별을 없애고, 가는 길에 먹으라며 후하게 덤을 싸주던 상인들을 쫓아낸 자들이었다. 그럼 어떡하나. 아니, 내가 남의 처지를 돌아볼 때인가?

나는 결국 이 생각도 접었다. 크막이든 어디든 길을 걸을 여비도 없었고, 설사 후원가를 찾는다 해도 다시 같은 일을 겪지 말라는 보장이 없었다. 나중이라면 모를까, 당장은 새 후원가를 찾을 용기가 나지 않았다.

나는 멜의 말을 따라 동쪽으로 가기로 했다. 그나마 믿을 곳이었던 후원가를 잃어 벼랑 끝에 몰린 듯 막막했지만 여행가가 언제는 갈 곳을 정하고 떠났던가.

자리를 털고 일어나 사막의 별 주인을 찾았다. 이 또한 마지막 인사일 터였다. 뭐든 위로하는 말을 하고 싶었으나 무슨 말인들 위로가 되겠으며 무엇보다 내 코가 석 자였다.

"그간……."

나는 그저 그간 고마웠다고 하려 했다. 주인이 계산대에 한 팔을 기대 허리를 세우더니 다른 손으로 작은 보따리를 내밀었다.

"가는 길에 먹어."

주인은 늘 하던 대로 무뚝뚝한 말을 남기고 주방으로 들어갔다. 돌아서는 주인의 눈시울이 붉게 물들어 있었다. 나는 보따리를 품에 안고 여관을 나왔다.

켈시아에 오기 전에는 가보려 정한 곳이 있었다. 15년 전쯤 갔던 곳인데 어떻게 달라졌을지 궁금했다. 당시 다른 영주에게 후원을 받던 터라 켈시아의 영주는 그곳 여행기를 읽은 적이 없을 것이다. 먼 길인 만큼 하녀장에게 잘 말해 넉넉히 돈을 받아 가려 했다. 지금은 거기에 가고 싶지 않았다.

나는 동쪽 성문을 나섰다. 여행가가 된 후 이렇게 아무 목적지 없이 걷는 건 처음이었다. 늘 발길 닿는 대로 간다고 말해 왔지만, 막연하나마 목적지가 있었다. 남서쪽 멀리 특이한 풍물이 있는 도시가 있다더라, 거기서 더 북쪽으로는 아무도 가본 적이 없다더라, 하는 이야기가 들리면 그쪽으로 방향을 잡곤 했다. 처음으로 말 그대로 발길 닿는 대로 걸었다.

저녁 무렵 여관 주인이 싸준 보따리를 풀어 보니 5~6일은 거뜬히 버틸 곡물가루가 들어 있었다. 내 앞길이 막막해 제대로 인사도 못 했는데 언제 이런 걸 준비했는지 모를 일이었다. 마음이 아픈 나머지 선뜻 손이 가지 않아 개울에서 물배를 채우고, 덜 익은 머루를 따 먹으며 최대한 아꼈다.

그렇게 며칠을 걸어 작은 산골 마을에 도착했다. 아이들이 달려와 스스럼없이 내 팔을 잡았고, 밭에서 일하던 아낙이 다가와 인사했다.

"여행가세요?"

아낙이 반가운 얼굴로 물었다. 다소 과하게 느껴져서 나는 조심스레 고개를 끄덕였다. 아낙은 나를 끌다시피 자기 집으로 데려가 물과 마른 빵을 대접했다. 낯선 사람의 인기척에 다른 사람들도 와서 환영하는 뜻을 표했다.

"제가 달리 해드릴 게 없는데 이런 친절을 받아도 될지……."

난처했다. 덫으로 작은 들짐승을 잡고, 화전으로 근근이 살아가는 마을이었다. 마른 빵이나마 귀한 음식일 터였다.

"아유, 우린 지나가는 사람을 그냥 못 본다우. 마음 편히 들어요, 어서!"

뒤늦게 달려온 혈색 좋은 아낙이 너스레를 떨었다. 이 아낙이 오자 다들 안도하는 눈치인 것이, 이 아낙이 모두가 내게 바라는 걸 이야기할 듯했다.

"이런 작은 마을에 여행가가 오는 건 아주 드문 일이라우. 바깥이 어떻게 돌아가는지 통 알 수가 있어야지……."

혈색 좋은 아낙이 눈웃음을 쳤다. 이들은 여행가를 만난 적이 있었다.

– 동쪽으로 가…….

멜이었을까? 멜이 들렀던 걸까?

저녁이 오자 마을 사람들이 개중 큰 집 마당에 모였다. 아이부터 노인까지 50명가량의 마을 사람들이 모두 눈을 초롱초롱 빛내며 날 바라보았다. 이렇게 많은 사람들 앞에서 여행담을 풀어 놓은 적이 없었다. 나는 더듬더듬 내가 갔던 고장에 대해 이야기했다. 다행히 사람들은 서툴다 탓하지 않고 즐겁게 들어 주었다. 이들은 내가 더 머물길 바랐지만, 나는 다시 이야기를 해야 하는 것이 두려워 다음 날 아침 일찍 떠났다. 그들은 자신들에게도 부족한 음식을 나눠주더니, 작은 오솔길을 가리키며 하루 이틀을 가면 다른 마을이 나오리라 했다.

그들이 말한 마을에 도착하자 같은 일이 반복되었다. 한 번 해봐서인지 먼젓번보다는 쉽게 여행담이 풀렸다. 보통 사람들이 듣고 싶은 이야기는 영주가 바라는 이야기와 다르다는 것도 알게 되었다. 영주는 다른 지역의 성은 얼마나 큰지, 형벌은 어떠한지, 아주 독특한 풍습은 없는지 알고자 했다. 이들은 그런 데 관심이 없었다. 특히 영주에게 끌려가 노역을 해본 적이 있는 사람, 일하다

다쳐 불구가 된 사람, 노역에 끌려간 남편이나 형제가 돌아오지 못한 사람들은 큰 성에 대한 이야기를 싫어했다. 이들은 다른 지역 사람들은 밭일하러 간 남편에게 새참으로 뭘 갖다주는지, 혼기에 찬 남녀들은 어떻게 혼인을 하는지, 혼인날 식탁에는 뭘 올리고, 사람들은 어떤 덕담을 하는지 궁금해했다. 하지만 나는 그런 질문에 제대로 답할 수가 없었다. 긴 세월 많은 지역을 떠돌았는데도 영주가 보고 싶은 것 이상은 보지 않았다. 나는 내가 간 지역의 사람들이 어떻게 사는지 몰랐다. 그들이 바라는 이야기와 달라도 사람들은 탓하지 않고 내 이야기를 들었다.

어느 순간부터 한 지역에 대해 이야기하면서, 비어 있는 부분은 다른 지역에서 본 일들을 섞었다. 사람들이 가장 즐겁게 들은 건 언젠가 먼 사막 지역에서 만났던 세이라의 이야기였다.

"여기서 남쪽으로 멀리, 아주 멀리 가면 있는 마을에 대한 이야기란다."

나는 주로 아이들을 보며 이야기했다. 몇몇 나이든 이들은 여행기를 듣는 건 시간 낭비라고 구시렁댔고, 단지 아이들이 듣고 싶어하니 같이 있다는 식으로 굴며 체면을 차렸다. 나는 불쾌하기보다 오히려 즐거웠다. 이들은 아무도 속이지 못할 거다.

"그 마을에선 죄를 지으면 얼굴에 무슨 죄를 지었는지 문신을 새겨."

아이들이 얼굴을 가리며 무서워했다. 머리를 양 갈래로 묶은 아이가 금방이라도 울음을 터뜨릴 것처럼 엄마 품으로 파고들었다.
나는 서둘러 화제를 돌렸다.

"거기서 세이라라는 여자아이를 만났어."

"예뻤나요?"

양 갈래 머리 아이가 물었다. 나는 기억을 더듬었다. 세이라가
어떻게 생겼었지?

"그럼, 아주 예쁜 아이였단다. 그 아이는 한 번도 죄를 지은 적
이 없었고, 그래서 얼굴에도, 몸에도 문신이 하나도 없었어."

아이들만이 아니라 어른들도 눈에 띄게 안도했다. 역시 그간 마
을을 떠돌며 이야기를 해오다 알게 된 사실인데, 사람들은 착한
사람 이야기를 좋아했다.

"그 아이에겐 오빠가 있었어. 이름이 쿤츠였는데, 쿤츠는 말썽쟁
이였단다."

"우리 오빠도 그래요!"

"내가 뭘?"

구석에 있던 남매가 말다툼을 시작했다.

"쿤츠가 아주 나쁜 사람은 아니었죠?"

말다툼이 한바탕 가신 후 남매 중 오빠가 물었다.

"그럼. 성품은 아주 착한 아이였어. 날 위해 마을을 안내해줬단
다."

"거봐!"

오빠가 여동생을 윽박질렀다.

"그리고 자기 여동생을 많이 아꼈단다."

오빠는 바로 입을 다물었다.

세이라와 쿤츠의 이야기는 한 마을을 지날 때마다 눈덩이처럼 점점 살이 붙었다. 살을 붙인 건 내가 아니라 내 이야기를 듣는 사람들, 그중에서도 주로 아이들이었다. 아이들은 세이라의 약혼자는 잘생겼는지, 용감한지 물었다. 아낙들은 세이라가 집안일은 꼼꼼히 잘하는지 궁금해했다. 어느 순간, 쿤츠는 굶는 여동생을 눈 뜨고 볼 수 없어 도둑질을 했다가 얼굴에 낙인이 찍힌 사람이 되었고, 세이라는 만능 일꾼인 당찬 처녀로 탈바꿈했다.

세이라는 자라서 군나라는 남자와 사랑에 빠졌는데, 쿤츠는 군나를 싫어했다. 내가 알던 쿤츠는, 이름이 기억나지 않는 세이라의 약혼자를 좋아했다. 하지만 쿤츠가 군나를 못마땅하게 여긴다고 이야기할 때 조금도 가책을 느끼지 못했는데, 이야기 속에서 세 사람은 더 이상 내가 알던 세 사람이 아니기 때문이었다.

사람들은 특히 세이라와 군나가 결혼하는 이야기를 좋아했다. 나는 둘이 결혼하는 걸 보지 못했고, 실제 했는지도 알지 못했다. 세이라, 쿤츠, 세이라의 약혼자는 내가 직접 만났던 이들과 다른 사람이 되었지만, 진짜 그들보다도 더 살아 있는 사람처럼 느껴졌다. 그게 잘못된 일 같진 않았다. 사람들이 이 이야기를 좋아하기 때문일까? 단지 그래서만은 아닌 것 같은데 설명할 수가 없었다.

다만 어쩌면 여행기가 기록 그 이상이 될 수도 있다는 막연한 생각이 들 뿐이었다.

그렇게 크고 작은 마을을 지나치면서 그들의 삶을 마음에 담았다. 여행가가 진짜 기록해야 하는 건 하늘에 닿을 듯 높이 세운 성벽이나, 다른 영주들이 사람들을 어떻게 다스리고, 세금을 걷는지가 아니라, 영주가 관심 두지 않는 변두리에 사는 아무도 돌아보지 않는 이들, 누구도 기억하지 않는, 매일 같으면서도 다른 삶일지도 모른다. 그런데 누가 이런 여행기를 읽겠는가.

겨울이 오고 있었다. 나는 가난한 이들이 선물한 낡은 모피를 입고 산길을 걸었다. 진눈깨비가 오나 싶더니 함박눈으로 변했고, 이윽고 한 치 앞도 보이지 않는 눈이 쏟아졌다. 겨울에는 안심할 만한 동행이 곁에 있거나 튼튼한 마차를 탈 수 없다면 길을 나서지 않았다. 보통 첫눈이 오기 전 영주에게 받은 돈으로 조용한 곳에서 머물며 간단하게 기록만 해둔 여행기를 다듬으며 쉬었다. 이번엔 그럴 수 없었다. 수중에 한 푼도 없었고, 빵 한 쪽도 귀한 사람들의 집에 이야기를 들려준다는 이유로 한없이 머무를 수도 없었다.

눈발을 뚫으며 힘겹게 나아갔다. 한 걸음 내디딜 때마다 무릎까지 눈에 빠진 다리를 꺼내야 했다. 손발은 차츰 감각이 없어졌고, 더는 한 걸음도 걸을 수 없었다. 온 세상이 온통 하얀 눈으로 뒤덮여 어디가 어딘지 방향을 잡을 수도 없었다.

이렇게 죽는 건가.

대부분의 여행가가 길에서 삶을 마쳤다. 극소수의 여행가만이 가족에게 돌아가 지붕 아래에서 숨을 거뒀다. 나 역시 처음 길을 나서기 전부터 언젠가 길에서 죽으리라는 각오를 다졌다. 하지만 그날이 오늘이어서는 안 되었다. 후원가에게 버림받은 여행가로, 이번 길을 떠난 이래 여행기 하나 남기지 못한 채 눈 속에서 죽어선 안 되었다. 내 시체는 몇 달이 지나 봄이 되어서야 썩은 모습으로 발견될 것이다. 그렇게 죽고 싶지 않았다. 어떻게도 죽고 싶지 않았다.

몸은 점점 더 말을 듣지 않았다. 잠이 쏟아졌다. 나는 걷는지 제자리에 있는지 알지 못했다. 삶의 끝이 머지않은 순간, 머릿속에 떠오르는 생각은 하나뿐이었다.

내 여행기가 그렇게 형편없었을까.

이전에 후원하던 영주가 죽기 전 켈시아의 영주에게 나를 소개했다. 켈시아의 영주는 심보가 고약하기로 소문난, 다른 말로 보통 영주였다. 켈시아의 영주에게 직접 평가받은 적은 없지만 7년 간 켈시아에 돌아갈 때마다 돈을 받았다.

그간 내 글솜씨가 떨어진 걸까.

나는 직전에 보낸 여행기를 곱씹었다. 전에 쓰던 것과 다른 점이 없었다. 그게 문제였을까. 내 여행기는 이제 고루한가.

여행가들은 만나면 서로 여행기를 돌려보았다. 많은 이들이 내 여행기를 칭찬했다. 어떤 이는 어린 여행가들에게 귀감이 될 만한 여행기라 하기도 했다. 그게 2년 전 영주에게 보낸 여행기였다.

물론 모든 여행가들이 내 여행기를 좋게 평가한 건 아니었다. 혹독한 평을 한 이도 있었지만 오래 마음에 두지 않았다. 엄밀히 말하자면 영주의 평가 역시 내가 받은 많은 평가 중 하나에 불과했다. 문제는 영주가 내 밥줄을 쥐고 있다는 데 있었다.

제대로 읽기나 했을까?

다른 여행가들이 한 말은 그저 입에 발린 말에 불과했던 걸까?

사와나가 억만금을 제시했더라도 그에게 여행기를 넘기진 않았을 거다. 내 이름을 지운 채로 여행기를 넘기는 건 내 삶을, 내 존재 이유를 거부하는 행위였다.

여행가는 지고 걸을 수 있는 걸 제외하면 아무것도 소유하지 않는다. 여행가는 여행가라는 자부심 하나로 살아간다. 여행기만이 여행가가 끝나지 않은 길을 걷는 이유다. 후원하는 영주에게 돈을 받는 까닭은 최소한의 생계와 살아온 족적인 여행기를 남기기 위해서다. 사와나에게 여행기를 넘긴 여행가들이 고작해야 그 정도 돈이라도 아쉬워 그러진 않았을 것이다. 이름은 남지 못할지언정, 그래도 여행기를 위해 제안을 받아들인 것이다. 나도 그래야 했을까?

이제 누구도 내 여행기를 받아주지 않는 걸까? 그럼 나는 무얼 위해 길을 걸어야 하는가?

아버지는 내가 여행가가 되겠다 하자 날 데리고 보름을 꼬박 걸어 서가가 있는 대도시로 갔다. 부모도 내가 태어나 자란 마을 사람 누구도 그렇게 먼 거리를 여행한 적이 없었다. 그때가 열세 살이었다.

"후회하지 않겠니? 여기까지 오는 게 힘들지 않았어? 여행가는 훨씬 더 오래 멀리 걸어야 해."

아버지가 서가 앞에서 내 눈을 보며 물었다. 대도시까지 오는 동안 지친 내 입에서 집으로 돌아가자는 말이 나오기를 기대하고 있었다.

"후회 안 해. 입 하나 덜고 좋잖아. 다 못 먹여 살려."

"자식을 입 하나라 보는 부모는 없다."

아버지가 떨리는 목소리로 말했다. 주름진 눈에 눈물이 고였다.

"주책맞게 왜 울고 그래. 영주들마다 자기가 후원하고 싶다고 나서는 여행가가 된 다음 찾아가서 땅뙈기라도 사줄게."

아버지는 있는 힘껏 날 끌어안았다. 아버지의 야윈 어깨에, 가난을 죄스러워하는 몸짓에 마음이 옥죄어 왔다.

서가에서 지내다 마침내 후원하는 영주를 만났고, 여행 자금을 받아 고향으로 갔다. 오래도록 그려 온 고향은 몇 년 전 가뭄과 전염병으로 황폐해졌고, 가족들은 모두 뿔뿔이 흩어져 찾을 길이 없었다. 그때 내가 울었던가? 하루라도 고향이라 부르기에 낯설었던 곳에서 머물었던가? 아니면 돌아보지 않고 떠났던가?

내가 그때 어떻게 했는지는 기억나지 않지만, 여행가가 된 건 후회하지 않았다. 많은 여행가들이 한 번쯤은 여행가가 된 걸 후회한다고 했다. 나는 평생 그러지 않으리라 자신했다. 나는 여행가가 되는 게 아니라 여행가로 태어났다고, 길에서 살며, 길에서 죽는 걸 운명으로 받아들였다. 혹 너그러운 후원가를 만나 노후를 보내게 된다면 감지덕지할 일이라고. 이번 여행 중에는 어느 친절한 집에서 낮에는 부모가 일하는 동안 아이들을 돌보고, 밤이면 여행기를 들려주다 떠날 수 있다면 더 바랄 게 없다 여겼다.

나는 여행가가 되는 걸 후회하는 것인가?

그전에 지금 내가 여행가가 맞는가?

이번 길을 떠난 후 한 번도 기록을 남기지 못했다. 종이를 살 돈이 없었다. 설사 기록을 남긴다 해도 보낼 곳이 없었고, 읽을 이가 없었다. 그렇다면 지금 나는 무엇인가? 무얼 위해 길을 걸어야 하는가?

사람들은 내가 들려주는 여행담을 기쁘게 들었다. 하지만 그건 진짜 여행기가 아니었다. 각색한 이야기였다. 나는 여행기를 왜곡했는가?

아니, 그들은 내 이야기가 진짜인지 지어낸 이야기인지 상관하지 않았다. 때로 다른 여행자들의 여행기와 대조하며 검증하는 건 영주들이다. 영주들이 여행기가 모두 사실 그대로이길 바랐다. 내가 바란 게 아니었다.

여행가란 무엇인가. 변덕스런 영주의 호의에 기대어 그들을 만족시키는 게 여행가인가? 그게 내가 태어난 이유이며, 나라는 존재인가? 그럼 후원하는 영주가 없으면, 여행가도 없는 것인가? 사람들이 여행담을 기쁘게 듣는 걸 보며 들어줄 이가 있다는 걸로 만족하려 애썼다. 헛된 노력이었다. 소금이 들어가지 않은 음식처럼 무언가 부족했다.

나는 지금 무엇인가. 지금 여기서 죽는다면, 나는 여행가가 아닌 채 죽는 것인가.

훌륭한 여행기를 남기는 여행가가 되고 싶었다. 아무도 찾지 않는 여행기는 서가의 자리가 부족하면 버려진다. 반대로 너무 많이 읽히는 바람에 손상되지 않도록 밀봉한 여행기가 있다. 나는 사본으로 읽었고, 그 사본도 손때가 너무 타자, 직접 베껴 써서 새로운 사본을 만들었다. 어떤 여행기는 수백 년 동안 반복해서 필사되기도 했다. 내가 스무 번째 필사를 한 여행기도 있었다. 지금도 그 여행기의 문구들이 생생하다.

워낙 뛰어난 여행기라 영주들이 몇 세대에 걸쳐 간직하며 절대 서가에 보내지 않는 여행기도 있다고 들었다. 죽기 전에 한 번쯤 읽고 싶었다. 그런 여행기를 쓰는 나를 꿈꾸었다. 누군가 내 여행기를 읽으며, 여행가의 꿈을 키우길, 수 세대가 지나도록 살아남는 여행기를 남기길 갈망했다.

누군가 내 팔을 잡아챘다. 몸이 빳빳하게 굳어 저항도 하지 못했다. 갑자기 밝은 불빛과 따뜻한 온기가 찾아왔다.

"세상에, 당신 정말 운이 좋은 거요."

날 잡아챈 남자가 말했다. 남자가 집 안에 있던 여자에게 나를 넘기자 여자가 젖은 옷을 벗기고 불가에 앉히더니 뜨거운 죽을 먹이고, 난롯가에 잠자리를 마련해 주었다. 나는 여자가 손발을 주물러주는 중에 잠이 들었다. 깨어나자 열두어 살 정도로 보이는 여자아이가 날 내려다보고 있었다.

"엄마, 깼어!"

옅은 갈색 피부의 여인이 내게 다가왔다. 여인은 거친 손으로 날 일으켰다.

"예나야, 가서 죽 가져오렴."

여자아이가 발딱 일어나 죽을 가져왔다. 내가 무어라 말하려 하자 여인이 고개를 저었다.

"먹기부터 해요."

또다시 낯선 이의 친절이 나를 살렸다. 여인은 불가로 가서 바느질을 시작했고, 여자아이가 유독 까만 눈을 빛내며 날 바라보았다. 나는 산을 넘은 것이다. 이 산을 넘기 전에 만난 이들은 모두 피부가 하얀색이었다. 강, 바다, 험한 산처럼 서로 왕래가 힘든 어느 곳을 기점으로 사람들은 갑자기 피부와 풍습이 확연히 달라지곤 했다.

"이 겨울에 산을 넘다니 무모했어요. 남편이 눈을 치우러 갔다가 발견한 거예요."

여인이 죽 그릇을 가져가며 말했다.

"무어라 감사의 말을 해야 할지……. 나는 여행가예요."

나는 조심스레 말했다.

"정말 여행가예요?"

예나의 눈이 빛났다. 여인의 눈에도 호기심이 어렸다.

이곳은 마을이라고 부르기도 민망한, 네 가구 13명이 사는 곳이었다. 겨울이면 폭설이 쏟아져 꼼짝도 할 수 없었고, 사람들은 문과 문 사이를 치워 서로 왕래했다. 내가 발견된 건 정말 천운이라고밖에 할 수 없었다.

저녁이 오자 예나가 다가와 혹시 여행담을 들려줄 수 있는지 물으며 다른 사람들도 듣고 싶어한다고 말했다.

"못써, 손님 괴롭히면."

엄마가 괜히 바느질감을 뒤적이며 말했다. 나는 웃음 지었다.

"들어 준다면 기쁘겠구나."

저녁을 먹고 모두 예나의 집에 모였다. 아이들 중에 예나가 제일 나이가 많았다. 큰언니 노릇을 해서인지 나이보다 조숙한 면이 보였다. 나도 동생이 세 명이었다. 다른 집 아이들은 각기 열 살, 일곱 살이었고, 봄이 오면 혼처를 찾을 거라는 열일곱 살 푸릇푸릇한 청년과 어른 여덟 명에 곧 태어날 아이와 노인이 있었다. 집이 좁아 모두 다닥다닥 붙어 앉았고 아이들은 부모의 무릎에 안

겼다. 나는 이야기를 시작했다.

마깥에 나가지 못하는 겨울은 길고 지루했다. 남자들은 각 집이 고립되지 않도록 하루 종일 내리는 눈을 치웠다. 여자들은 아이들을 돌보고, 음식을 하고, 물레를 돌려 다음 해에 입을 옷을 지었다.

저녁을 먹고 나면 다들 약속이나 한 듯이 예나의 집에 모여 무릎을 맞대고 앉아 여행담을 들었다. 아무도 나를 식량을 축내는 군식구 취급하지 않았다. 그들은 당연하다는 듯 날 받아들였다. 눈이 녹기 전에는 이 집을 떠날 방법이 없었다. 나는 일부러 세이라의 이야기는 아껴 뒀다가, 다른 이야기가 모두 떨어진 후에 시작했다.

아이들이란 놀라운 존재였다. 세이라의 이야기가 갈수록 진전된 데에는 아이들의 힘이 컸다. 나는 가끔 이야기가 막힐 때면 아이들을 보며 "그래서 어떻게 됐을까?" 하고 물었다. 아이들은 너도나도 대답했고, 나는 적절한 걸 골라 이야기를 이어나갔다. 특히 예나는 이제껏 본 중 제일 남다른 상상력을 가진 아이였다. 예나는 다른 아이들은 한 번도 하지 않은 방향으로 이야기를 끌고 나갔다. 세이라의 이야기가 지금까지 중 가장 방대한 규모로 발전한 건 전적으로 예나의 공이었다. 나 역시 다른 이들처럼 잠들기 전이면 내일은 세이라의 이야기가 어떻게 될지 궁금할 정도였다.

시작은 비슷했다. 세이라와 쿤츠는 어려서 부모를 잃고 어렵게 살았지만 둘 다 심성은 착했다. 쿤츠는 먹을 게 없어 세이라가 굶주려 가자 부잣집에 숨어들어 음식을 훔치다 잡혀 이마에 낙인이 찍혔다.

세이라는 자라 여관에 들어갔다. 못된 주인은 사소한 일로도 매를 들었지만 세이라는 꾹 참으며 열심히 일했다. 쿤츠도 일하고 싶었지만, 한번 낙인이 찍힌 자를 써주는 곳은 없었다. 그러다 세이라는 경비병 군나와 사랑에 빠졌다. 쿤츠는 도둑질을 하다 경비병에게 잡혔던 경험으로 인해 경비병이라면 딱 질색이라 의좋던 오누이 사이가 멀어졌다.

어느 날 세이라를 짝사랑한 다른 경비병 피봇이 군나를 모함에 빠뜨렸다. 군나는 짓지도 않은 죄로 이마에 낙인이 찍힐 위기에 처했다. 세이라는 군나를 구하기 위해 노력하고, 쿤츠도 세이라를 도왔다. 마침내 군나의 누명이 벗겨지고, 쿤츠도 군나가 착한 젊은이라는 걸 알게 되어 화해했다.

이 이야기에서 가장 어려운 부분은 쿤츠의 이마에 찍힌 낙인이었다. 이미 앞에서 낙인으로 인해 아무도 쿤츠에게 일자리를 주지 않으려 한다고 말했다. 하지만 사람들은 쿤츠를 포함해 이야기 속 인물들이 다 행복해지길 바랐다. 열 살 먹은 아이는 요정이 나타나 낙인을 지워 줬을 거라고 했다. 대부분 그런 결말을 기대하며 날 바라보았다.

"요정이 왜 쿤츠의 낙인을 지워 줘?"

예나가 이의를 제기했다.

"그럼 쿤츠는 어떻게 해?"

아이들만이 아니라 어른들도 끼어 토론을 시작했다. 나는 그들을 지켜보다 빙긋 웃으며 말했다.

"밤이 늦었어요."

오늘 이야기가 끝났다는 뜻이었다. 다들 아쉬워하며 잠자리에 들었다. 나는 잠들지 못했다. 어떻게 해야 모두 만족시키며, 동시에 이야기에 모순이 없도록 할 수 있을까. 전에는 한 번도 이 문제로 고민한 적 없었다. 이야기가 이렇게 커졌던 적도 없었다.

날이 밝자 아이들이 괜히 내 주위를 어슬렁거렸다. 오늘 밤에 시작할 이야기의 실마리를 얻고 싶은 눈치였다. 나는 수수께끼 같은 웃음으로 넘겼다.

밤이 오자 나는 연극의 주인공을 기다리는 관객들처럼 기대에 찬 눈빛에 둘러싸여서 이야기를 시작했다. 세이라와 쿤츠가 살던 마을에 큰 위기가 닥쳤다. 군나를 모함한 게 들켜 벌을 받기 직전 마을에서 도망친 피봇이 산적을 끌고 왔다. 나는 왜 피봇을 도망치게 했는지 몰랐다. 동이 터 올 무렵에야 그 이유를 찾았다. 산적들은 잡았지만, 피봇은 훔친 물건을 가지고 혼자 달아났다. 쿤츠가 끝까지 추격해 피봇을 잡고 훔친 물건을 마을 사람들에게 돌려주었다. 사람들은 쿤츠의 착한 심성을 깨닫고, 과거에 저지른 일도 어린 동생을 위해 한 일이라는 걸 받아들였다.

세이라와 군나는 결혼했다. 쿤츠도 좋은 아가씨를 만났다. 이야기 속 쿤츠와 세이라, 군나만이 아니라 이야기를 듣던 이들도 모두 행복하게 잠자리에 들었다. 어젯밤에 이어 나만 홀로 잠들지 못하고 뒤척였다. 더 이상 할 이야기가 없었다. 날이 밝는 게 두려웠다.

다음 날 아이가 태어났다. 나는 산모는 몸조리를 해야 하고 남편은 산모를 돌봐야 해 오지 못하니 산모가 회복되면 이야기를 하겠다고 했다. 다들 아쉬워하면서도 동의했다.

며칠 동안 불을 피우고, 난로 받침을 닦고, 눈에 젖은 남자들의 신발을 말리는 따위 자잘한 집안일을 돕는 중에도, 멀건 죽을 먹다가도, 잠자리에 누워서도, 온통 어떻게 해야 새 이야기를 할 수 있을까 하는 생각뿐이었다. 몇몇 작은 기억들이 머리를 스쳤지만, 세이라와 쿤츠, 군나의 파란만장한 이야기를 마치고 나서 할 이야기로는 한참 부족했다.

영주가 제대로 본 것이다. 하녀장의 판단이 맞았다. 난 형편없는 여행가였다. 여행가로 살아온 지 20년이 넘었는데 이렇게 할 만한 이야기가 없단 말인가. 도대체 난 뭘 보고 돌아다녔던 걸까. 견디기 힘든 자괴감이 나를 사로잡았다. 내 여행기들이 무가치하다면 내 삶이 무가치하다는 의미였다. 그렇다면 계속 길을 걸을 이유가, 계속 살아야 할, 존재해야 할 까닭이 없었다.

결국 그날이 왔다. 얼마 전 태어난 아이를 강보에 싼 부부가 예나의 집으로 찾아왔다. 부부는 자기들을 기다려 준 걸 고마워했다. 나는 어쩌지 못하고 애매하게 웃어넘겼다. 모두 자리를 잡았다. 나는 아무 준비 없이 이야기를 시작했다.

"여기서 동쪽으로, 달이 바뀌고, 또 달이 바뀌고, 또 달이 바뀔 때까지 가면, 아주아주 커다란 숲이 하나 있어."

꼭 붙어 앉은 스물여섯 개의 눈은 새로운 이야기에 대한 기대로 가득했다. 하녀장이 면전에서 모욕을 주던 때와는 비교할 수 없을 만큼 무릎이 떨리고 식은땀이 났다.

"거기에……."

불현듯 젖에 취해 자는 아이가 눈에 들어왔다.

"갓 태어난 아이가, 강보에 싸여서 버려진 거야."

나는 마른침을 삼켰다.

"누가 아이를 버렸나요?"

예나가 물었다.

"아무도 몰라."

내가 모르기 때문이지, 나는 속으로 중얼거렸다.

"그럼 누가 아이를 키웠죠?"

예나가 다시 물었다.

"늑대가 키웠을 거야."

열 살 난 아이가 말했다.

"늑대가 어떻게 애를 키워? 당장 잡아먹을걸?"

예나가 반박했다.

"그럼 사슴!"

다른 아이가 말했다.

"에이, 숲이잖아. 늑대가 오면 사슴도 잡아먹을 텐데?"

"멧돼지!"

"멧돼지는 너무 사납잖아!"

아이들이 소리 높여 다투었다. 이번에는 예나도 도움이 되지 않았다. 머리가 아득했다. 어른들은 내가 이야기를 이어가서 아이들의 다툼이 끝나기만 바라고 있었다. 사람들에 둘러싸여서 나는 철저히 혼자였다. 아무도 지금 이 순간, 내가 얼마나 두려운지 알지 못했다.

"부엉이였어."

내가 말했다. 시끄럽던 아이들이 삽시간에 조용해졌다. 자던 아이마저 눈을 뜨고 날 바라보는 것 같았다.

"부엉이가……."

나는 부엉이가 어쩌다 튀어나왔는지 알지 못했다. 비몽사몽 간에 부엉이의 울음소리를 들었던 걸까?

"부엉이가 아기를 거두었지."

입안이 바짝바짝 말라갔다. 나는 내가 무슨 말을 하는지도 모르면서 말을 이어나갔다.

"아기는…… 너무 힘이 없어서, 큰 소리로 울지도 못했어. 그래서…… 늑대가 잡아먹으러 오지 못했고…… 사슴도 우는 소리를 듣지 못했어……. 아기는 아무도 듣지 못할 만큼 작은 소리로 울었는데, 부엉이만 들은 거야. 왜냐하면…… 왜냐하면…… 그 부엉이는…… 아주, 특별한, 그래, 아주 특별한 부엉이였기 때문이야. 나이는 백 살이 넘었고…….”

나는 집안을 둘러보았다.

“날개를 펼치면 이 집보다도 컸어.”

“우리 집보다도요?”

예나가 눈을 휘둥그레 뜨고 물었다.

“그래! 한쪽 날개만! 그러니까, 양쪽을 펼치면, 여기 있는 집들을 다 덮고도 남는 거야. 부엉이는 보름달이 뜨면…… 종종…… 세상을 둘러보려고…… 날개를 펼치고 날았어. 한 번 날갯짓을 할 때마다…… 한 봉우리에서 다음 봉우리로 갈 정도였어. 그 부엉이가 하늘을 날 때면, 사람들은, 사람들은…… 하늘에 보름달이 세 개 뜬 줄 알았어. 그 부엉이의 눈은…… 그 정도로…… 밝게 빛났기 때문이야. 오직…… 오직…… 아주 적은 수의…… 선택받은 몇몇 사람들만이…… 그 빛이…… 보름달이 아니라…… 아주 특별한…… 현명한…… 온 세상…… 모든, 모든…… 세상 모든 부엉이의 어머니가 하늘을 날고 있다는 걸 알았어.”

또다시 잠을 이루지 못하는 밤이 찾아왔다. 세이라의 이야기를 마친 이후 오늘까지 제대로 잠을 잔 적이 없었다. 하지만 이 밤은 다른 밤과 달랐다. 전에는 어떤 이야기를 어떻게 해야 할지 고뇌하느라 잠을 설쳤다면, 오늘 밤은 봇물처럼 쏟아지는 이야기로 인해 잠을 이루지 못했다. 이야기를 담기에 내가 터무니없이 작아 이야기가 다 들어오지 못할까 두려웠다.

그러다 깜빡 잠이 들었던 모양이다. 예나가 아침 먹으라며 나를 깨웠다. 나는 허둥지둥 일어나 어제 찾아온 이야기들을 되짚었다. 모두 내 안에 살아 있었다.

"밥 먹으라니까요?"

예나가 다시 말했다. 나는 예나 손에 끌려 감자 껍질을 깠다. 그날 나는 내가 깨어 있는지 아닌지 알 수 없었다. 이야기들이 휘몰아쳐 꼼짝도 할 수 없었다. 예나 엄마는 내가 아픈 건 아닌지 걱정했다. 나는 괜찮다고 말하고 잠자리로 파고 들어갔다. 누구도 지금 나를, 아니 이야기를 방해해서는 안 되었다. 이야기는 저녁에야 겨우 오늘은 이 정도로 되었다며 나를 놔주었다.

저녁을 먹는 동안 초조해서 견딜 수가 없었다. 어서 사람들이 모이길 바랐다. 예나라도 붙들고 따로 이야기를 하고 싶었다. 당장이라도 내 안에 있는 이야기가 날 뚫고 나올 것만 같았다.

고대하던 밤이 왔다. 이날 이야기를 한 건 내가 아니었다. 기력이 소진한 내가 이야기를 더 할 수 없을 때까지 이야기가 나를 끌고 갔다. 이야기를 시작한 이래 처음으로 아무도 내 말을 끊지 않았고, 이래야 한다, 저래야 한다며 입씨름을 벌이지도 않았다.

현명한 부엉이 품에서 자란 아이는 자기 자신을 찾아 숲을 떠났다. 아이는 내가 가봤던 곳에 가서 내가 모르던 그곳의 면모를 봤으며, 나는 알지만 아이는 처음 보는 사람들을 만나 니는 하지 않은 대화를 나눴다.

나는 때로 아이를 통해 내가 미처 하지 못했던 말을 전하고 싶었지만, 아이는 자기가 하고 싶은 말만 했고, 자기와 관련없는 말은 하지 않았고, 인연이 닿지 않은 사람은 만나지 않았고, 아이에게 의미 없는 곳은 가지 않았다. 아이가 만난 이들 또한 나를 대한 방식으로 아이를 대하지 않았다. 그로 인해 나는 그들을 혹은 나를 더 잘 이해할 수 있었다.

마침내 아이가 바라던 걸 찾아 여행을 마칠 무렵 눈이 녹았다. 예나는 나와 눈도 마주하지 않았다. 나는 짐을 꾸렸다. 예나는 내가 떠나리라는 걸 나보다 더 빨리 알았다. 예나를 서가에 데려간다면……. 나는 곧 그 생각을 접었다. 예나는 마을이라 부르기도 애매한 이 작은 곳에서 행복하고 밝게 자라고 있었다. 만일 예나가 여행가가 될 아이라면, 떠날 시기가 스스로 예나를 찾아오리라는 막연한 예감 속에서 사람들과 작별을 했다. 내 목숨을 구해 줘서만이 아니라 이토록 선량하고 맑은 사람들과, 특히 예나와 헤어지는 건 작별을 옷처럼 두르고 산 내게도 버거운 일이었다. 정착하지 않으며 여행가로 산다고 아이를 갖지 못할 건 없었다. 하지만 나는 그 길을 가지 않았다. 아이들을 볼 때마다, 특히 예나에게서 내가 가지 않은 길을 보았다.

"난 떠나야 해."

나는 예나 앞에 한쪽 무릎을 꿇고 말했다. 밤새 우는 바람에 통통 부은 얼굴로 예나는 날 바라보았다.

"우리랑 같이 살아요."

"난 여행가란다."

"다시 올 거예요?"

"그랬으면 좋겠구나."

나는 예나에게 거짓을 말하거나 헛된 기대를 주고 싶지 않았다. 동시에 상처를 주고 싶지도 않았다.

"널 잊지 못할 거란다."

예나는 나를 끌어안고 내 앞섶을 눈물로 적셨다. 눈시울이 불거진 예나의 엄마가 예나를 떼어놓았다. 봄이 머지않은 이때가 이들에게 가장 힘든 시기였다. 식량이 떨어져가기 때문이었다. 하지만 이들은 날 빈손으로 보내려 하지 않았고, 심지어 돈까지 내밀었다. 이들의 삶에 돈이 얼마나 귀한지 알면서도 나는 거절하지 못했다.

이번처럼 발길이 떨어지지 않은 적이 없었으나 떠나야 했다. 이곳에서 할 수 있는 이야기는 모두 마쳤다. 이곳은 내게 특별한 기억으로 남을 것이다. 어떻게 해서든 이곳에서 보낸 나날을 기록하리라. 갓 태어난 아이에게 부엉이 품에서 자란 아이의 이름을 붙인 부부가 마지막까지 손을 흔들며 내 뒷모습을 지켜보았다.

산길은 질척거렸다. 걷기 힘들어 나무를 잘라 지팡이를 만들며, 멜이 생각나 속으로 웃었다.

'늘 짚을 건 아니야. 오르막만 지나면 버릴 거야. 아직 그 정도로 늙진 않았어.'

나는 이 자리에 있지도 않은 멜을 향해 말했다. 다시 찾아온 혼자인 시간은 고독했으되 평안했다. 나는 개울가에서 물을 마시고, 떠나온 곳에서 안겨 준 음식을 먹었다. 돈은 깊숙이 갈무리했다. 굶는 한이 있어도 이 돈은 손대지 않을 것이다. 나를 위해서라면 절대 받지 않았을 돈이었다. 이 돈은 종이를 사는 데 써야 했다.

여행가는 호사스러운 영주의 취미를 만족시켜 주는 이들이 아니다. 여행가는 가난하나 선량한 이들의 삶에 잠시 기쁨을 줄 수 있으나 그 일을 위해서 존재하는 것도 아니다. 나는 이야기가 폭풍처럼 쏟아지던 나날을 기억했다. 여행가가 존재하는 이유는, 이야기가 여행가를 필요로 하기 때문이었다. 나는 길을 걸을 것이다. 그 길에서 나는 무수히 많은 이야기를 만날 것이다. 입으로든, 글로든 이야기가 태어나게 할 것이다. 다만 그를 위해 기력이 소진해 더 이상 이야기를 받아들이지 못할 날까지 멈추지 않고 걸어 길에서 삶을 마감할 것이다. 나는 여행가다.

# 작가의 말

단비에서 작품집을 내자는 제안을 받고 몹시 기뻤다. 구슬도 꿰어야 보배이듯 여러 앤솔러지에 수록하며 흩어져 있는 단편을 모아 한 권으로 묶는 건 작가에게 커다란 의미가 있는 일이다.

「너와 나의 시간」은 2016년에 쓴 글이다. 예전에 쓴 글을 다시 펼치는 데는 늘 용기가 필요하지만 이 글은 다른 의미로 마음의 준비를 한 뒤 열어야 했다. 2016년에 함께 살던 고양이 가릉이와 연이는 6개월 차이로 열네 살이었고 건강했다. 2022년 현재 그 아이들은 기억 속에서만 함께한다.

교정본을 받은 뒤 원고를 일부 손봤으나 시간이 흐르자 필연적으로 드러난 부족한 부분을 보강한 것일 뿐, 내 상실이 이 글에 직접적인 영향을 미치지는 않았다. 글 속의 '나'와 '너'는 나와 그 아이들이 아닌 까닭이다. 다만 그리워서 조금 울었다.

「이상한 차원의 안리수」는 루이스 캐럴의 『이상한 나라의 앨리스』를 모티브로 한 글이다. 이 글을 구상하면서 가장 중요시했던 건 명확한 결말을 냇어야 한다는 점이었다. 혼란스러운 여정이 이어지는 글이기에 분명한 결말이 필요했다. 『이상한 나라의 앨리스』는 한껏 부풀린 이야기를 '모두 꿈이었다'로 끝낸 글 중 극히 드물게 성공한 글일 것이다. 모두가 루이스 캐럴일 수는 없고 그래야 하는 것도 아니다. 하지만 정말 엉뚱한 결말로 가는 이야기를 언젠가는 써 보고 싶다.

「쿤라와 그레시아」는 2013년에 출간했던 장편 소설 『부엉이 소녀 욜란드』에서 파생한 이야기이다. 글을 마치고 시간이 많이 흐른 후에도 마녀 부분이 계속 기억에 남았고 이야기를 이어갈 여지가 있다고 느꼈다. 잠시 등장하는 그리마는 역시 같은 세계관 속 장편의 주인공이다. 반 정도 썼는데 이어 쓸 때를 기다리고 있다. 또한 「헨젤과 그레텔」을 모티브로 한 글이기도 하다. 동화를 모티브로 하는 건 매혹적이며 도전적인 작업이다. 동화에는 시대에 따라 재해석할 수 있는 무궁무진한 근본 물질이 있다.

「문신」은 2007년에 쓴 글로 이 책에 실린 글 중 가장 앞서 쓴 글이다. 우연찮은 착상에서 시작한 글이 연작으로 뻗어나가기 시작했다. 나는 이 연작을 '여행가 연작'이라고 부른다. 같은 여행가 연작인 「여행가」는 2013년에 쓴 글이다.

6년의 간격을 두고 쓴 데다 애초부터 엄밀하게 연대표를 맞추며 쓸 의도는 없던 연작이었다. 그렇다고는 해도 「문신」과 「여행가」

를 한 작품집에 넣으며 검토하다 보니 고민스러운 지점이 생겼다. '문신」과 「여행가」의 '나'는 같은 인물인가, 아닌가. 다른 인물이라기에는 서사가 겹쳤고, 같은 인물이라기에는 어긋난 부분이 있었다. 고심 끝에 어긋난 부분을 굳이 맞추지는 않기로 했다. 개별 작품으로서의 완성도가 더 중요하다고 본 것이다. 거기에 변명을 덧붙이자면 사람은 자기의 어린 시절을 잘 기억하지 못하기도 하고 말이다. 심지어 완전히 잘못 기억하기도 한다. 오래전에 본 영화를 다시 볼 때 그 영화 속 장면이 내 기억과 확연히 달라 놀란 적 있는 사람이라면 이해할 것이다.

단비에서 작품집을 제안 받은 뒤 그간 쓴 단편들을 모아 보냈다. SF, 판타지, 청소년, 스릴러 등 여러 장르의 글을 쓴 지라 어떤 작품을 골라야 한 권으로 모을 수 있을지 감이 잡히지 않았던 탓이었다. 나도 고른다고 골라서 보냈으나 분량이 만만치 않았는데 그 단편들 중 용케 다섯 편을 골라 주셨다. 목록을 보니 절로 납득하게 되었다. 이 수고로운 작업과 더불어 작품에 대해 적절한 조언을 해주신 신수진 편집자님께 감사드린다. 사람이 자기 뒷모습을 보기 어렵듯 작가는 자기 글이기에 보지 못하는 부분들이 있다. 편집자님 덕에 이 글들이 더 나은 형태가 될 수 있었다.

청소년 소설을 쓰라고 격려해 주신 정명섭 작가님께도 감사드린다. 이 책이 나오게 된 시작점이 정명섭 작가님이라고 해도 과언이 아니다. 글에 대한 상담을 할 때마다 바쁜 시간을 내주는 최지혜

님, 삶에서 난코스를 만날 때마다 다독여준 오랜 벗 김기연 님에게도 감사를 전한다.

세상에는 많은 작가가 있다. 세상에 나온 작품은 작가의 수를 압도적으로 능가한다. 독자의 수야 말로 헤아릴 길이 없다. 한 작가가 쓴 한 작품을 한 독자가 만난다는 건 때로 기적에 가까운 일이 아닐까 한다. 삶의 어느 한 점에서 이 책을 집은 분들께 감사드린다.

# 우리의 파동이 교차할 때

초판 1쇄 2022년 5월 15일
글쓴이 | 박애진
펴낸곳 | 도서출판 단비
펴낸이 | 김준연
편   집 | 신수진
등   록 | 2003년 3월 24일(제2012-000149호)
주   소 | 경기도 고양시 일산서구 고양대로 724-17, 304동 2503호(일산동, 산들마을)
전   화 | 02-322-0268
팩   스 | 02-322-0271
전자우편 | rainwelcome@hanmail.net

ISBN  979-11-6350-062-9   43810

값 12,000원